STS

U0080104

STS

山田社

くらべてわかる

關鍵字版

日本語 圖解

文法比較

吉松由美、西村惠子
大山和佳子、山田社日檢題庫小組・著

辭典

中高級
N2

山田社
Shan Tian She

為了擺脫課本文法，練就文法直覺力！
127 項文法加上 254 張「雙圖比較」，
關鍵字再加持，
提供記憶線索，讓「字」帶「句」，「句」帶「文」，
瞬間回憶整段話！

關鍵字＋雙圖比較記憶→專注力強，可以濃縮龐雜資料成「直覺」記憶，
關鍵字＋雙圖比較記憶→爆發力強，可以臨場發揮驚人的記憶力，
關鍵字＋雙圖比較記憶→穩定力強，可以持續且堅實地讓記憶長期印入腦海中！

　　日語文法中有像「つつある」（正在…）、「ようとしている」（即將要…）意思相近的文法項目：

つつある（正在）：關鍵字「狀態變化」→著重「一點一點在變化中」。
ようとしている（即將要）：關鍵字「狀態進行」→著重「就要開始或結束」。

　　「つつある」跟「ようとしている」有插圖，將差異直接畫出來，配合文字點破跟關鍵字加持，可以幫助快速理解、確實釐清和比較，不用背，就直接印在腦海中！

　　除此之外，類似文法之間的錯綜複雜關係，「接續方式」及「用法」，經常跟哪些詞前後呼應，是褒意、還是貶意，以及使用時該注意的地方等等，都是學習文法必過的關卡。為此，本書將一一為您破解。

─┤ 精彩內容 ├─

■ 關鍵字膠囊式速效魔法，濃縮學習時間！

　　本書精選 127 項 N2 程度的中高級文法，每項文法都有關鍵字加持，關鍵字是以最少的字來濃縮龐大的資料，它像一把打開記憶資料庫的鑰匙，可以瞬間回憶文法整個意思。也就是，以更少的時間，得到更大的效果，不用大腦受苦，還可以讓信心爆棚，輕鬆掌握。

■ 雙圖比較記憶，讓文法規則也能變成直覺！

　　為了擺脫課本文法，練就您的文法直覺力，每項文法都精選一個日檢考官最愛出，最難分難解、刁鑽易混淆的類義文法，並配合 254 張「兩張插圖比較」，將文法不同處直接用畫的給您看，讓您迅速理解之間的差異。大呼「文法不用背啦」！

■ 重點文字點破意思，不囉唆越看越上癮！

　　為了紮實對文法的記憶根底，務求對每一文法項目意義明確、清晰掌握。書中還按照關係、時間、原因、結果、條件、逆說、觀點、意志及推論…等不同機能，整理成 13 個章節，並以簡要重點文字點破每一文法項目的意義、用法、語感…等的微妙差異，讓您學習不必再「左右為難」，內容扎實卻不艱深，一看就能掌握重點！讓您考試不再「一知半解」，一看題目就能迅速找到答案，一舉拿下高分！

■ 文法闖關實戰考題，立驗學習成果！

　　為了加深記憶，強化活用能力，學習完文法概念，最不可少的就是要自己實際做做看！每個章節後面都附有豐富的考題，以過五關斬六將的方式展現，讓您寫對一題，好像闖過一關，就能累積實力點數。

　　本書廣泛地適用於一般的日語初學者，大學生，碩博士生、參加日本語能力考試的考生，以及赴日旅遊、生活、研究、進修人員，也可以作為日語翻譯、日語教師的參考書。

　　書中還附有日籍老師精心錄製的 MP3 光碟，提供您學習時能更加熟悉日語的標準發音，累積堅強的聽力基礎。扎實內容，您需要的，通通都幫您設想到了！本書提供您最完善、最全方位的日語學習，絕對讓您的日語實力突飛猛進！

第1章
關係

1 にかかわって、にかかわり、にかかわる ⋯⋯⋯⋯⋯⋯⋯⋯⋯ 10
2 につけ (て)、につけても ⋯⋯⋯⋯⋯⋯⋯⋯⋯⋯⋯⋯⋯⋯⋯ 11
3 をきっかけに (して)、をきっかけとして ⋯⋯⋯⋯⋯⋯⋯⋯⋯ 13
4 をけいきとして、をけいきに (して) ⋯⋯⋯⋯⋯⋯⋯⋯⋯⋯ 14
5 にかかわらず ⋯⋯⋯⋯⋯⋯⋯⋯⋯⋯⋯⋯⋯⋯⋯⋯⋯⋯⋯⋯ 15
6 にしろ ⋯⋯⋯⋯⋯⋯⋯⋯⋯⋯⋯⋯⋯⋯⋯⋯⋯⋯⋯⋯⋯⋯⋯ 17
7 にせよ、にもせよ ⋯⋯⋯⋯⋯⋯⋯⋯⋯⋯⋯⋯⋯⋯⋯⋯⋯⋯ 18
8 にもかかわらず ⋯⋯⋯⋯⋯⋯⋯⋯⋯⋯⋯⋯⋯⋯⋯⋯⋯⋯⋯ 19
9 もかまわず ⋯⋯⋯⋯⋯⋯⋯⋯⋯⋯⋯⋯⋯⋯⋯⋯⋯⋯⋯⋯⋯ 21
10 をとわず、はとわず ⋯⋯⋯⋯⋯⋯⋯⋯⋯⋯⋯⋯⋯⋯⋯⋯⋯ 22
11 はともかく (として) ⋯⋯⋯⋯⋯⋯⋯⋯⋯⋯⋯⋯⋯⋯⋯⋯⋯ 24
12 にさきだち、にさきだつ、にさきだって ⋯⋯⋯⋯⋯⋯⋯⋯⋯ 25

第2章
時間

1 おり (に／は／には／から) ⋯⋯⋯⋯⋯⋯⋯⋯⋯⋯⋯⋯⋯⋯ 28
2 にあたって、にあたり ⋯⋯⋯⋯⋯⋯⋯⋯⋯⋯⋯⋯⋯⋯⋯⋯ 29
3 にさいし (て／ては／ての) ⋯⋯⋯⋯⋯⋯⋯⋯⋯⋯⋯⋯⋯⋯ 31
4 にて、でもって ⋯⋯⋯⋯⋯⋯⋯⋯⋯⋯⋯⋯⋯⋯⋯⋯⋯⋯⋯ 32
5 か～ないかのうちに ⋯⋯⋯⋯⋯⋯⋯⋯⋯⋯⋯⋯⋯⋯⋯⋯⋯ 34
6 しだい ⋯⋯⋯⋯⋯⋯⋯⋯⋯⋯⋯⋯⋯⋯⋯⋯⋯⋯⋯⋯⋯⋯⋯ 35
7 いっぽう (で) ⋯⋯⋯⋯⋯⋯⋯⋯⋯⋯⋯⋯⋯⋯⋯⋯⋯⋯⋯⋯ 36
8 かとおもうと、かとおもったら ⋯⋯⋯⋯⋯⋯⋯⋯⋯⋯⋯⋯⋯ 38
9 ないうちに ⋯⋯⋯⋯⋯⋯⋯⋯⋯⋯⋯⋯⋯⋯⋯⋯⋯⋯⋯⋯⋯ 39
10 かぎり ⋯⋯⋯⋯⋯⋯⋯⋯⋯⋯⋯⋯⋯⋯⋯⋯⋯⋯⋯⋯⋯⋯⋯ 40

第3章

原因、結果

1 あまり（に）───────43
2 いじょう（は）───────45
3 からこそ───────46
4 からといって───────47
5 しだいです───────49
6 だけに───────50
7 ばかりに───────52
8 ことから───────53
9 あげく（に／の）───────55
10 すえ（に／の）───────57

第4章

条件、逆説、例示、並列

1 ないことには───────60
2 を〜として、を〜とする、を〜とした───────61
3 も〜なら〜も───────62
4 ものなら───────63
5 ながら（も）───────65
6 ものの───────66
7 やら〜やら───────67
8 も〜ば〜も、も〜なら〜も───────69

第5章

付帯、付加、変化

1 こと（も）なく───────72
2 をぬきにして（は／も）、はぬきにして───────73
3 ぬきで、ぬきに、ぬきの、ぬきには、ぬきでは───────74
4 うえ（に）───────76
5 だけでなく───────77
6 のみならず───────78
7 きり───────80
8 ないかぎり───────81
9 つつある───────82

第6章
程度、強調、同様

1	だけましだ	85
2	ほどだ、ほどの	86
3	ほど〜はない	88
4	どころか	89
5	て（で）かなわない	91
6	てこそ	92
7	て（で）しかたがない、て（で）しょうがない、て（で）しようがない	93
8	てまで、までして	95
9	もどうぜんだ	96

第7章
観点、前提、根拠、基準

1	じょう（は／では／の／も）	99
2	にしたら、にすれば、にしてみたら、にしてみれば	100
3	うえで（の）	102
4	のもとで、のもとに	103
5	からして	105
6	からすれば、からすると	106
7	からみると、からみれば、からみて（も）	108
8	ことだから	109
9	のうえでは	111
10	をもとに（して／した）	112
11	をたよりに、をたよりとして、をたよりにして	113
12	にそって、にそい、にそう、にそった	114
13	にしたがって、にしたがい	116

第8章
意志、義務、禁止、忠告、強制

1	か〜まいか	119
2	まい	120
3	まま（に）	122
4	うではないか、ようではないか	123
5	ぬく	125

6 うえは――――――――――――――――――――126

7 ねばならない、ねばならぬ――――――――127

8 てはならない――――――――――――――129

9 べきではない――――――――――――――130

10 ざるをえない――――――――――――――131

11 ずにはいられない――――――――――――133

12 て（は）いられない、てられない、てらんない――134

13 てばかりはいられない、てばかりもいられない――136

14 ないではいられない――――――――――――138

第 9 章
推論、予測、可能、困難

1 のももっともだ、のはもっともだ――――――141

2 にそういない――――――――――――――142

3 つつ（も）――――――――――――――――143

4 とおもうと、とおもったら――――――――145

5 くせして――――――――――――――――146

6 かねない――――――――――――――――148

7 そうにない、そうもない――――――――――149

8 っこない――――――――――――――――150

9 うる、える、えない――――――――――――152

10 がたい――――――――――――――――――153

11 かねる――――――――――――――――――154

第 10 章
様子、比喩、限定、回想

1 げ――――――――――――――――――――157

2 ぶり、っぷり――――――――――――――158

3 まま――――――――――――――――――160

4 かのようだ――――――――――――――――161

5 かぎり（は／では）――――――――――――163

6 にかぎって、にかぎり――――――――――164

7 ばかりだ――――――――――――――――166

8 ものだ――――――――――――――――――167

第11章

期待、願望、当然、主張

1 たところが ⸻⸻⸻⸻⸻⸻⸻⸻⸻⸻⸻⸻171
2 だけあって ⸻⸻⸻⸻⸻⸻⸻⸻⸻⸻⸻⸻172
3 だけのことはある、だけある ⸻⸻⸻⸻⸻174
4 どうにか（なんとか、もうすこし）〜ないもの（だろう）か ⸻175
5 てとうぜんだ、てあたりまえだ ⸻⸻⸻⸻⸻176
6 にすぎない ⸻⸻⸻⸻⸻⸻⸻⸻⸻⸻⸻⸻177
7 にほかならない ⸻⸻⸻⸻⸻⸻⸻⸻⸻⸻179
8 というものだ ⸻⸻⸻⸻⸻⸻⸻⸻⸻⸻⸻180

第12章

肯定、否定、対象、対応

1 ものがある ⸻⸻⸻⸻⸻⸻⸻⸻⸻⸻⸻⸻183
2 どころではない ⸻⸻⸻⸻⸻⸻⸻⸻⸻⸻184
3 というものではない、というものでもない ⸻⸻186
4 とはかぎらない ⸻⸻⸻⸻⸻⸻⸻⸻⸻⸻187
5 にこたえて、にこたえ、にこたえる ⸻⸻⸻189
6 をめぐって（は）、をめぐる ⸻⸻⸻⸻⸻⸻190
7 におうじて ⸻⸻⸻⸻⸻⸻⸻⸻⸻⸻⸻⸻191
8 しだいだ、しだいで（は） ⸻⸻⸻⸻⸻⸻⸻193

第13章

価値、話題、感想、不満

1 がい ⸻⸻⸻⸻⸻⸻⸻⸻⸻⸻⸻⸻⸻⸻⸻196
2 かいがある、かいがあって ⸻⸻⸻⸻⸻⸻197
3 といえば、といったら ⸻⸻⸻⸻⸻⸻⸻⸻199
4 というと、っていうと ⸻⸻⸻⸻⸻⸻⸻⸻200
5 にかけては ⸻⸻⸻⸻⸻⸻⸻⸻⸻⸻⸻⸻201
6 ことに（は） ⸻⸻⸻⸻⸻⸻⸻⸻⸻⸻⸻⸻203
7 はまだしも、ならまだしも ⸻⸻⸻⸻⸻⸻204

N2

Bun Pou Hikaku Ji-Ten

Chapter
★★★★★

關係

1 にかかわって、にかかわり、にかかわる
2 につけ（て）、につけても
3 をきっかけに（して）、をきっかけとして
4 をけいきとして、をけいきに（して）
5 にかかわらず
6 にしろ

7 にせよ、にもせよ
8 にもかかわらず
9 もかまわず
10 をとわず、はとわず
11 はともかく（として）
12 にさきだち、にさきだつ、にさきだって

🎧 Track 001

1 にかかわって、にかかわり、にかかわる
關於…、涉及…

接續方法 ｛名詞｝＋にかかわって、にかかわり、にかかわる

意思1

【關連】表示後面的事物受到前項影響，或是和前項是有關聯的，而且不只有關連，還給予重大的影響。大多為重要或重大的內容。「にかかわって」可以放在句中，也可以放在句尾。

例文A

わたし しょうらい ぼうえき かか しごと
私は将来、貿易に関わる仕事をしたい。

我以後想從事貿易相關行業。

補 充

〔前接受影響詞〕前面常接「評判、命、名誉、信用、存続」等表示受影響的名詞。

例 文

いんしゅうんてん いのち かか ぜったい
飲酒運転は命に関わるので絶対にしてはいけない。

人命關天，萬萬不可酒駕！

比較

● にかかっている
全憑…

接續方法 ｛名詞；疑問句か｝＋にかかっている

【關連】表示希望的結果能否實現，取決於前接部分所表示的某條件。

例文a

合格できるかどうかは、聴解にかかっている。

能否合格，要取決於聽力。

◆ 比較說明 ◆

「にかかわって」表關連，表示後項的事物將嚴重影響到前項；「にかかっている」表關連，表示事情能不能實現，由前接部分所表示的內容來決定。

🎧 Track 002

---

2 につけ (て)、につけても

(1)不管…或是…；(2)一…就…、每當…就…

接續方法 {[形容詞・動詞]辭書形} ＋につけ (て)、につけても

意思1

【無關】也可用「につけ～につけ」來表達，這時兩個「につけ」的前面要接成對的或對立的詞，表示「不管什麼情況都…」的意思。

例文A

嬉しいにつけ悲しいにつけ、音楽は心の友となる。

不管是高興的時候，或是悲傷的時候，音樂永遠是我們的心靈之友。

【關連】每當碰到前項事態，總會引導出後項結論，表示前項事態總會帶出後項結論，後項一般為自然產生的情感或狀態，不接表示意志的詞語。常跟動詞「聞く、見る、考える」等搭配使用。

例文B

この料理を食べるにつけ、国の母を思い出す。

每當吃到這道菜，總會想起故鄉的母親。

比較

● たび（に）

每次…、每當…就…

接續方法 {名詞の；動詞辭書形} ＋たび（に）

意思

【關連】表示前項的動作、行為都伴隨後項，相當於「するときはいつも～」。

例文b

あいつは、会うたびに皮肉を言う。

每次跟那傢伙碰面，他就冷嘲熱諷的。

◆ 比較說明 ◆

「につけ」表關連，表示每當處於某種事態下，心理就自然會產生某種狀態。前面接動詞辭書形。還可以重疊用「につけ～につけ」的形式；「たび（に）」也是表關連，表示每當前項發生，那後項勢必跟著發生。前面接「名詞の／動詞辭書形」。不能重疊使用。

につけ【關連】
例文 B

たび（に）【關連】
例文 b

3 をきっかけに（して）、をきっかけとして
以…為契機、自從…之後、以…為開端

接續方法 {名詞；[動詞辭書形・動詞た形]の} ＋をきっかけに（して）、をきっかけとして

意思1

【關連】表示新的進展及新的情況產生的原因、機會、動機等。後項多為跟以前不同的變化，或新的想法、行動等的內容。使用「をきっかけにして」則含有偶然的意味。

例文A

母親の入院をきっかけにして、料理をするようになりました。

自從家母住院之後，我才開始下廚。

比較

● をもとに（して／した）
以…為根據、以…為參考、在…基礎上

接續方法 {名詞} ＋をもとに（して）

意思

【依據】表示將某事物作為後項的依據、材料或基礎等，後項的行為、動作是根據或參考前項來進行的。

例文a

いままでに習った文型をもとに、文を作ってください。

請參考至今所學的文型造句。

◆ 比較說明 ◆

「をきっかけに」表關連，表示前項觸發了後項行動的開端；「をもとに」表依據，表示以前項為依據的基礎去做後項，也就是以前項為素材，進行後項的動作。

をきっかけに【關連】	例文A	をもとに【依據】	例文a

4 をけいきとして、をけいきに（して）

趁著…、自從…之後、以…為動機

接續方法 {名詞；[動詞辭書形・動詞た形]の}＋を契機として、を契機に（して）

意思1

【關連】 表示某事產生或發生的原因、動機、機會、轉折點。前項大多是成為人生、社會或時代轉折點的重大事情。是「をきっかけに」的書面語。

例文A

定年退職を契機に、残りの人生を考え始めた。

以這次退休為契機的這個時點上，開始思考該如何安排餘生。

比較

● にあたって、にあたり

在…的時候、當…之時、當…之際

接續方法 {名詞；動詞辭書形}＋にあたって、にあたり

意思

【時點】 表示某一行動，已經到了事情重要的階段。它有複合格助詞的作用。一般用在致詞或感謝致意的書信中。

例文a

このおめでたい時にあたって、一言お祝いを言いたい。

在這可喜可賀的時候，我想說幾句祝福的話。

「をけいきとして」表關連，表示某事物正好是個機會，以此為開端，進行後項一個新動作；「にあたって」表時點，表示在做前項某件特別、重要的事情之前或同時，要進行後項。

をけいきとして【關連】	にあたって【時點】
 例文 A	 例文 a

🎧 Track 005

5 にかかわらず
無論…與否…、不管…都…、儘管…也…

接續方法 {名詞；[形容詞・動詞]辭書形；[形容詞・動詞]否定形} ＋
にかかわらず

意思1

【無關】 表示前項不是後項事態成立的阻礙。接兩個表示對立的事物，表示跟這些無關，都不是問題，前接的詞多為意義相反的二字熟語，或同一用言的肯定與否定形式。

例文A

送料は大きさに関わらず、全国どこでも1000円です。
そうりょう　　おお　　かか　　　　　　ぜんこく　　　　　　　　　　　えん

商品尺寸不分大小，寄至全國各地的運費均為一千圓。

補　充

〔類語－にかかわりなく〕「にかかわりなく」跟「にかかわらず」意思、用法幾乎相同，表示「不管…都…」之意。

参加者の人数に関わりなく、スポーツ大会は必ず行います。

無論參加人數多寡，運動大會都將照常舉行。

● にもかかわらず

雖然…，但是…、儘管…，卻…、雖然…，卻…

接續方法 {名詞；形容動詞詞幹；[形容詞・動詞]普通形} ＋にもかかわらず

意　思

【無關】表示逆接。後項事情常是跟前項相反或相矛盾的事態。也可以做接續詞使用。

例文 a

努力にもかかわらず、全然効果が出ない。

儘管努力了，還是完全沒有看到效果。

◆ 比較說明 ◆

「にかかわらず」表無關，表示與這些差異無關，不因這些差異，而有任何影響的意思；「にもかかわらず」表無關，表示前項跟後項是兩個與預料相反的事態。用於逆接。

6 にしろ

無論…都…、就算…，也…、即使…，也…

接續方法 {名詞；形容動詞詞幹；[形容詞・動詞]普通形} ＋にしろ

意思1

【無關】 表示逆接條件。表示退一步承認前項，並在後項中提出跟前面相反或相矛盾的意見。常和副詞「いくら、仮に」前後呼應使用。是「にしても」的鄭重的書面語言。也可以說「にせよ」。後接說話人的判斷、評價、主張、無法認同、責備等表達方式。

例文A

洗濯機にしろ冷蔵庫にしろ、日本製が高いことに変わりない。

不論是洗衣機還是冰箱，凡是日本製造的產品都同樣昂貴。

比較

● さえ、でさえ、とさえ

就連…也…

接續方法 {名詞＋（助詞）} ＋さえ、でさえ、とさえ；{疑問詞…}＋かさえ；{動詞意向形} ＋とさえ

意 思

【程度】 表示比目前狀況更加嚴重的程度。

例文a

電気もガスも、水道さえ止まった。

包括電氣、瓦斯，就連自來水也全都沒供應了。

◆ 比較說明 ◆

「にしろ」表無關，表示退一步承認前項，並在後項中提出不會改變的意見或不能允許的心情。是逆接條件的表現方式；「さえ」表強調輕重程度，前項列出程度低的極端例子，意思是「連這個都這樣」其他更別說了。後項多為否定性的內容。

にしろ【無關】

例文A

さえ【程度】

例文a

7 にせよ、にもせよ
無論⋯都⋯、就算⋯，也⋯、即使⋯，也⋯、⋯也好⋯也好

接續方法 {名詞；形容動詞詞幹である；[形容詞・動詞]普通形} ＋
にせよ、にもせよ

意思1

【無關】表示退一步承認前項，並在後項中提出跟前面相反或相矛盾的意見。是「にしても」的鄭重的書面語言。也可以説「にしろ」。後接説話人的判斷、評價、主張、無法認同、責備等表達方式。

例文A

いくら眠かったにせよ、先生の前で寝るのはよくない。

即使睏意襲人，當著老師的面睡著還是很不禮貌。

比較

● にしては

照⋯來說⋯、就⋯而言算是⋯、從⋯這一點來說，算是⋯的、作為⋯，相對來說⋯

接續方法 {名詞；形容動詞詞幹；動詞普通形} ＋にしては

意思

【與預料不同】表示現實的情況，跟前項提的標準相差很大，後項結果跟前項預想的相反或出入很大。含有疑問、諷刺、責難、讚賞的語氣。相當於「割には」。

この字は、子供が書いたにしては上手です。

這字出自孩子之手，算是不錯的。

◆ 比較說明 ◆

「にせよ」表無關，表示即使假設承認前項所説的事態，後面所説的事態都與前項相反，或矛盾的；「にしては」表與預料不同，表示從前項來判斷，後項應該如何，但事實卻與預料相反不是這樣。

8 にもかかわらず

雖然…，但是…、儘管…，卻…、雖然…，卻…

接續方法 {名詞；形容動詞詞幹；[形容詞・動詞]普通形} ＋にもかかわらず

意思1

【無關】表示逆接。後項事情常是跟前項相反或相矛盾的事態。也可以做接續詞使用。

例文 A

お正月にも関わらず、アルバイトをしていた。

雖是新年假期，我還是得照常出門打工。

補 充

〔吃驚等〕含有説話人吃驚、意外、不滿、責備的心情。

悪天候にも関わらず、野外コンサートが行われた。

儘管當日天候惡劣，露天音樂會依然照常舉行了。

● もかまわず

（連…都）不顧…、不理睬…、不介意…

接續方法 {名詞；動詞辭書形の}＋もかまわず

意　思

【無關】表示對某事不介意，不放在心上。常用在不理睬旁人的感受、眼光等。

例文 a

警官の注意もかまわず、赤信号で道を横断した。

不理會警察的警告，照樣闖紅燈。

◆ 比較說明 ◆

「にもかかわらず」表無關，表示由前項可推斷出後項，但後項事實卻與之相反；「もかまわず」也表無關，表示毫不在意前項的狀況，去做後項。

にもかかわらず【無關】	もかまわず【無關】

例文 A

例文 a

9 もかまわず
（連…都）不顧…、不理睬…、不介意…

接續方法 {名詞；動詞辭書形の} ＋もかまわず

意思1

【無關】表示對某事不介意，不放在心上。常用在不理睬旁人的感受、眼光等。

例文A

雨に濡れるのもかまわず、ペットの犬を探した。

當時不顧渾身淋得濕透，仍然在雨中不停尋找走失的寵物犬。

補 充

〔不用顧慮〕「にかまわず」表示不用顧慮前項事物的現況，請以後項為優先的意思。

例 文

今日は調子が悪いので、私にかまわず、食べて、飲んでください。

我今天身體狀況不太好，請不必在意，儘管多吃點、多喝點！

比較

● はともかく（として）
姑且不管…、…先不管它

接續方法 {名詞} ＋はともかく（として）

意思

【無關】表示提出兩個事項，前項暫且無關，不作為議論的對象，先談後項。暗示後項是更重要的。

例文a

俺の話はともかくとして、お前の方はどうなんだ。

先別談我的事，你那邊還好嗎？

「もかまわず」表無關，表示不顧前項情況的存在，去做後項；
「はともかく」也表無關、除外，用在比較前後兩個事項，表示先
考慮後項，而不考慮前項。

もかまわず【無關】

例文A

はともかく【無關】

例文a

10 をとわず、はとわず
無論…都…、不分…、不管…，都…

接續方法 {名詞} ＋を問わず、は問わず

意思1

【無關】表示沒有把前接的詞當作問題、跟前接的詞沒有關係，多
接在「男女」、「昼夜」等對義的單字後面。

例文A

あの工場では、昼夜を問わず誰かが働いている。

那家工廠不分日夜，二十四小時都有員工輪班工作。

補充1

〖肯定及否定並列〗前面可接用言肯定形及否定形並列的詞。

例文

飲む飲まないを問わず、飲み物は飲み放題です。

這是無限暢飲的餐單，可以盡情享用各種飲品。

補充2

〖Nはとわず〗使用於廣告文宣時，也有使用「Nはとわず」的形式。

アルバイト募集。性別、国籍は問わず。

召募兼職員工。歡迎不同性別的各國人士加入我們的行列！

比較

● のみならず

不僅…，也…、不僅…，而且…、非但…，尚且…

接續方法 {名詞；形容動詞詞幹である；[形容詞・動詞]普通形} ＋ のみならず

意思

【附加】表示添加，用在不僅限於前接詞的範圍，還有後項進一層 的情況。

例文 a

この薬は、風邪のみならず、肩こりにも効果がある。

這個藥不僅對感冒有效，對肩膀酸痛也很有效。

◆ 比較說明 ◆

「をとわず」表無關，表示前項不管怎樣、不管為何，後項都能因 應成立；「のみならず」表附加，表示不只前項事物，連後項都是 如此。

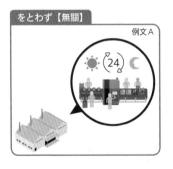

11 はともかく（として）
姑且不管…、…先不管它

接續方法 {名詞} ＋はともかく（として）

意思1

【無關】表示提出兩個事項，前項暫且不作為議論的對象，先談後項。暗示後項是更重要的。

例文A

留学中の２年でN1はともかく、N2には合格したい。

在留學的這兩年期間不求通過N1級測驗，至少希望N2能夠合格。

補 充

〖先考慮後項〗含有前項的問題雖然也得考慮，但相較之下，現在只能優先考慮後項的想法。

例 文

大学院はともかく、大学は行ったほうがいい。

且不論研究所，至少要取得大學文憑才好。

比較

● にかわって、にかわり
替…、代替…、代表…

接續方法 {名詞} ＋にかわって、にかわり

意 思

【代理】前接名詞為「人」的時候，表示應該由某人做的事，改由其他的人來做。是前後兩項的替代關係。相當於「～の代理で」。

例文 a

社長にかわって、副社長が挨拶をした。

副社長代表社長致詞。

「はともかく」表無關，用於比較前項與後項，有「前項雖然也是不得不考慮的，但是後項更重要」的語感；「にかわって」表代理，表示代替前項做某件事，有「本來應該由某人做的事，卻改由其他人來做」的意思。

🎧 Track 012

12 にさきだち、にさきだつ、にさきだって
在…之前，先…、預先…、事先…

接續方法 {名詞；動詞辭書形} ＋に先立ち、に先立つ、に先立って

意思1

【前後關係】用在述說做某一較重大的工作或動作前應做的事情，後項是做前項之前，所做的準備或預告。大多用於述說在進入正題或重大事情之前，應該做某一附加程序的時候。「にさきだち」強調順序，而類似句型「にあたって」強調狀態。

例文A

<ruby>増税<rt>ぞうぜい</rt></ruby>に<ruby>先立<rt>さきだ</rt></ruby>つ<ruby>政府<rt>せいふ</rt></ruby>の<ruby>会見<rt>かいけん</rt></ruby>が、<ruby>今週末<rt>こんしゅうまつ</rt></ruby>に<ruby>開<rt>ひら</rt></ruby>かれる<ruby>予定<rt>よてい</rt></ruby>です。

政府於施行增稅政策前的記者說明會，預定於本週末舉行。

比較

● にさいし（て／ては／ての）
在…之際、當…的時候

意思

【時點】表示以某事為契機，也就是動作的時間或場合。有複合詞的作用。是書面語。

例文 a

チームに入（はい）るに際（さい）して、自己紹介（じこしょうかい）をしてください。

入隊時請先自我介紹。

◆ 比較說明 ◆

「にさきだち」表前後關係，表示在做前項之前，先做後項的事前工作；「にさいして」表時點，表示眼前在前項這樣的場合、機會，進行後項的動作。

にさきだち【前後關係】
例文 A
税金8%→10%

にさいして【時點】
例文 a

1 実力テスト

做對了，往 ☺ 走，做錯了往 ✗ 走。

次の文の_____にはどんな言葉を入れたらよいか。1・2から最も適当なものをひとつ選びなさい。

實力測驗
Q 哪一個是正確的？

1 百点を取る（　）、お母さんが必ずごほうびをくれる。
1. たびに　　2. につけ

譯
1. たびに：每逢…就…
2. につけ：每當…就會…

2 病気になったの（　）、人生を振り返った。
1. をきっかけに　2. をもとにして

譯
1. をきっかけに：以…為契機
2. をもとにして：依據…

3 政権交代（　）、さまざまな改革が進められている。
1. にあたって　2. を契機に

譯
1. にあたって：在…之時
2. を契機に：以…為契機

4 いかなる理由がある（　）、ミスはミスです。
1. にせよ　　2. にしては

譯
1. にせよ：即使是…
2. にしては：雖說…卻…

5 他人の迷惑（　）、高校生たちが車内で騒いでいる。
1. もかまわず　2. はともかく

譯
1. もかまわず：也不管…
2. はともかく：姑且不論…

6 理由（　）、暴力はいけない。
1. にかわって　2. はともかく

譯
1. にかわって：代替
2. はともかく：先不管

答案：(1)1　(2)1　(3)2
(4)1　(5)1　(6)2

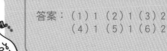

時間

1 おり（に／は／には／から）
2 にあたって、にあたり
3 にさいし（て／ては／ての）
4 にて、でもって
5 か〜ないかのうちに
6 しだい
7 いっぽう（で）
8 かとおもうと、かとおもったら
9 ないうちに
10 かぎり

★★★★★

🎧 Track 013

1 おり（に／は／には／から）
…的時候；正值…之際

意思1

【時點】{名詞；動詞辭書形；動詞た形}＋おり（に／は／には／から）。「折」是流逝的時間中的某一個時間點，表示機會、時機的意思，說法較為鄭重、客氣，比「とき」更有禮貌。句尾不用強硬的命令、禁止、義務等表現。

例文A

先日お会いした折はお元気だった先生が、ご入院されたと知って大変驚きました。

聽說上次見面時還很硬朗的老師住院了，這個消息太令人訝異了。

補充

〔書信固定用語〕{名詞の；[形容詞・動詞]辭書形}＋折から。「折から」大多用在書信中，表示季節、時節的意思，先敘述此天候不佳之際，後面再接請對方多保重等關心話，說法較為鄭重、客氣。由於屬於較拘謹的書面語，有時會用古語形式。

例文

寒さの厳しい折から、お身体にお気をつけください。

時值寒冬，務請保重玉體。

さい (は)、さいに (は)

…的時候、在…時、當…之際

接續方法 {名詞の；動詞普通形} ＋際、際は、際に (は)

意 思

【時點】表示動作、行為進行的時候。相當於「ときに」。

例文 a

仕事の際には、コミュニケーションを大切にしよう。

在工作時，要著重視溝通。

◆ 比較說明 ◆

「おりに」表時點，表示以一件好事為契機；「さい」也表時點、時候，表示處在某一個特殊狀態，或到了某一特殊時刻。含有機會、契機的意思。

🎧 Track 014

2 にあたって、にあたり

在…的時候、當…之時、當…之際、在…之前

接續方法 {名詞；動詞辭書形} ＋にあたって、にあたり

意思1

【時點】表示某一行動，已經到了事情重要的階段。它有複合格助詞的作用。一般用在致詞或感謝致意的書信中。一般用在新事態將要開始的情況。含有說話人對這一行動下定決心、積極的態度。

新規店のオープンにあたり、一言お祝いをのべさせ
ていただきます。

此次適逢新店開幕，容小弟敬致恭賀之意。

比較

● において、においては、においても、における
在…、在…時候、在…方面

接續方法 {名詞} ＋において、においては、においても、における

意　思

【場面・場合】表示動作或作用的時間、地點、範圍、狀況等。是
書面語。口語一般用「で」表示。

例文 a

我が社においては、有能な社員はどんどん昇進しま
す。

在本公司，有才能的職員都會順利升遷的。

◆ 比較說明 ◆

「にあたって」表時點，表示在做前項某件特別、重要的事情之
前，要進行後項；「において」表場面或場合，表示事態發生的時
間、地點、狀況，一般用在新事態將要開始的情況。也表示跟某一
領域有關的場合。

3 にさいし（て／ては／ての）

在…之際、當…的時候

接續方法 {名詞；動詞辭書形}＋に際し（て／ては／ての）

意思1

【時點】表示以某事為契機，也就是動作的時間或場合。有複合詞的作用。是書面語。

例文A

契約に際して、いくつか注意点がございます。

簽約時，有幾項需要留意之處。

比較

● につけ（て）、につけても

―…就…、每當…就…

接續方法 {[形容詞・動詞]辭書形}＋につけ（て）、につけても

意思

【關連】每當碰到前項事態，總會引導出後項結論，表示前項事態總會帶出後項結論。

例文a

この音楽を聞くにつけて、楽しかった月日を思い出します。

每當聽到這個音樂，就會回想起過去美好的時光。

◆ 比較說明 ◆

「にさいして」表時點，用在開始做某件特別的事，或是表示該事情正在進行中；「につけ」表關連，表示每當看到或想到，就聯想起的意思，後常接「思い出、後悔」等跟感情或思考有關的內容。

にさいして【時點】　例文A

につけ【關連】　例文a

🎧 Track 016

4 にて、でもって
(1)在…；於…；(2)以…、用…；(3)用…

接續方法 {名詞} ＋にて、でもって

意思 1

【時點】「にて」相當於「で」，表示事情發生的場所，也表示結束的時間。

例文A

スピーチ大会は、市民センターの大ホールにて行います。

演講比賽將於市民活動中心的大禮堂舉行。

意思 2

【手段】也可接手段、方法、原因、限度、資格或指示詞，宣佈、告知的語氣強。

例文B

結果はホームページにて発表となります。

最後結果將於官網公布。

意思 3

【強調手段】「でもって」是由格助詞「で」跟「もって」所構成，用來加強「で」的詞意，表示方法、手段跟原因，主要用在文章上。

お金でもって解決できることばかりではない。

金錢不能擺平一切。

比較

● によって（は）、により

根據…

接續方法 {名詞} ＋によって（は）、により

意思

【手段】 表示事態所依據的方法、方式、手段。

例文 c

成績によって、クラス分けする。

根據成績分班。

◆ 比較說明 ◆

「でもって」表強調手段，表示方法、手段跟原因等；「によって」也表手段，表示動作主體所依據的方法、方式、手段。

でもって【強調手段】 例文 C

によって【手段】 例文 c

クラス分け

5 か～ないかのうちに
剛剛…就…、一…（馬上）就…

接續方法 {動詞辭書形}＋か＋{動詞否定形}＋ないかのうちに

意思1

【時間前後】表示前一個動作才剛開始，在似完非完之間，第二個動作緊接著又開始了。描寫的是現實中實際已經發生的事情。

例文A

子供は、「おやすみ」と言うか言わないかのうちに、寝てしまった。

孩子一聲「晚安」的話音剛落，就馬上呼呼大睡了。

比較

● たとたん（に）
剛…就…、剎那就…

接續方法 {動詞た形}＋とたん（に）

意思

【時間前後】表示前項動作和變化完成的一瞬間，發生了後項的動作和變化。由於說話人當場看到後項的動作和變化，因此伴有意外的語感，相當於「したら、その瞬間に」。

例文a

二人は、出会ったとたんに恋に落ちた。

兩人一見鍾情。

◆ 比較說明 ◆

「か～ないかのうちに」表時間前後，表示前項動作才剛開始，後項動作就緊接著開始，或前後項動作幾乎同時發生；「とたんに」也表時間前後，表示前項動作完全結束後，馬上發生後項的動作。

か～ないかのうちに【時間前後】

例文A

おやす～

とたんに【時間前後】

例文a

6 しだい

馬上…、一…立即、…後立即…

接續方法 {動詞ます形} ＋次第

意思1

【時間前後】表示某動作剛一做完，就立即採取下一步的行動，也就是一旦實現了前項，就立刻進行後項，前項為期待實現的事情。後項不用過去式、而是用委託或願望等表達方式。

例文A

定員になり次第、締め切らせていただきます。

一達到人數限額，就停止招募。

比較

● たとたん（に）

剛…就…、剎那就…

接續方法 {動詞た形} ＋とたん（に）

意思

【時間前後】表示前項動作和變化完成的一瞬間，發生了後項的動作和變化。由於說話人當場看到後項的動作和變化，因此伴有意外的語感，相當於「したら、その瞬間に」。

例文 a

発車したとたんに、タイヤがパンクした。

才剛發車，輪胎就爆胎了。

◆ 比較說明 ◆

「しだい」表時間前後，表示「一旦實現了某事，就立刻…」前項是說話跟聽話人都期待的事情。前面要接動詞連用形。由於後項是即將要做的事情，所以句末不用過去式；「とたんに」也表時間前後，表示前項動作完成瞬間，幾乎同時發生了後項的動作。兩件事之間幾乎沒有時間間隔。後項大多是說話人親身經歷過的，且意料之外的事情，句末只能用過去式。

🎧 Track 019

7 いっぽう（で）
(1)在…的同時，還…、一方面…，一方面…、另一方面…；(2)一方面…而另一方面卻…

接續方法 {動詞辭書形} ＋一方（で）

意思1

【同時】前句說明在做某件事的同時，另一個事情也同時發生。後句多敘述可以互相補充做另一件事。

例文A

彼は仕事ができる一方、人との付き合いも大切にしている。

他不但工作能力強，也很重視經營人際關係。

意思2

【對比】表示同一主語有兩個對比的側面。

例文B

ここは自然が豊かで静かな一方、不便である。

這地方雖然十分寧靜又有豐富的自然環境，但在生活上並不便利。

比較

● はんめん

　　另一面…、另一方面…

接續方法 {[形容詞・動詞]辭書形} ＋反面；{[名詞・形容動詞詞幹な]である} ＋反面

意 思

【對比】表示同一種事物，同時兼具兩種不同性格的兩個方面。除了前項的一個事項外，還有後項的相反的一個事項。相當於「〜である一方」。

例文b

産業が発達している反面、公害が深刻です。

產業雖發達，但另一方面也造成嚴重的公害。

◆ 比較說明 ◆

「いっぽう」表對比，表示前項及後項兩個動作可以是對比的、相反的，也可以是並列關係的意思；「はんめん」表對比，表示同一種事物，兼具兩種相反的性質。

いっぽう【對比】	はんめん【對比】
 例文B	 例文b

8 かとおもうと、かとおもったら
剛一…就…、剛…馬上就…

接續方法 {動詞た形} ＋かと思うと、かと思ったら

意思1

【同時】表示前後兩個對比的事情，在短時間內幾乎同時相繼發生，表示瞬間發生了變化或新的事情。後面接的大多是說話人意外和驚訝的表達。由於描寫的是現實中發生的事情，因此後項不接意志句、命令句跟否定句等。

例文A

弟は、帰ってきたかと思うとすぐ遊びに行った。

弟弟才剛回來就跑去玩了。

比較

● たとたん（に）
剛…就…、剎那就…

接續方法 {動詞た形} ＋とたん（に）

意思

【時間前後】表示前項動作和變化完成的一瞬間，發生了後項的動作和變化。由於說話人當場看到後項的動作和變化，因此伴有意外的語感，相當於「したら、その瞬間に」。

例文a

4月になったとたん、春の大雪が降った。

四月一到，突然就下了好大一場春雪。

◆ 比較說明 ◆

「かとおもうと」表同時，表示前後性質不同或是對比的事物，在短時間內相繼發生。因此，前後動詞常用對比的表達方式；「とたんに」表時間前後，單純的表示某事情結束了，幾乎同時發生了不同的事情，沒有對比的意味。

かとおもうと【同時】
例文 A

とたんに【時間前後】
例文 a

4月

🎧 **Track 021**

9　ないうちに
在未…之前，…、趁沒…

接續方法｜{動詞否定形}＋ないうちに

意思1

【期間】這也是表示在前面的環境、狀態還沒有產生變化的情況下，做後面的動作。

例文A

あか
赤ちゃんが起きないうちに、買い物へ行ってきます。

趁著小寶寶還在睡的時候出去買個菜！

比較

● にさきだち、にさきだつ、にさきだって
在…之前，先…、預先…、事先…

接續方法｜{名詞；動詞辭書形}＋に先立ち、に先立つ、に先立って

意思

【前後關係】用在述說做某一動作前應做的事情，後項是做前項之前，所做的準備或預告。

例文a

りょこう　さきだ
旅行に先立ち、パスポートが有効かどうか確認する。

在出遊之前，要先確認護照期限是否還有效。

「ないうちに」表期間，表示趁著某種情況發生前做某件事；「に
さきだち」表前後關係，表示在做某件大事之前應該要先把預備動
作做好，如果前接動詞，就要改成動詞辭書形。

ないうちに【期間】

例文A

にさきだち【前後關係】

例文a

🎧 Track 022

かぎり
(1)以…為限、到…為止；(2)盡…、竭盡…；耗盡、費盡

接續方法 {名詞の；動詞辭書形} ＋限り

意思1

【期限】表示時間或次數的限度。

例文A

今年限りで、あの番組は終了してしまう。

那個電視節目將於今年收播。

意思2

【極限】表示可能性的極限，盡其所能，把所有本事都用上。

例文B

諦めない限り、きっと成功するだろう。

只要不放棄，總有一天會成功的。

補 充

〖慣用表現〗慣用表現「の限りを尽くす」為「耗盡、費盡」等
意。

力の限りを尽くして、最後の試合にのぞもう。

讓我們竭盡全力，一起拚到決賽吧！

比較

● にかぎる

就是要…、…是最好的

接續方法 {名詞 (の)；形容詞辭書形 (の)；形容動詞詞幹 (なの)；動詞辭書形；動詞否定形} ＋に限る

意　思

【最上級】 除了用來表示説話者的個人意見、判斷，意思是「最…」，相當於「～が一番だ」。還可以用來表示限定，相當於「だけだ」。

例文b

夏はやっぱり冷たいビールに限るね。

夏天就是要喝冰啤酒啊！

◆ 比較說明 ◆

「かぎり」表極限，表示在達到某個極限之前，把所有本事都用上，做某事；「にかぎる」表最上級，表示説話人主觀地選擇或推薦最好的動作或狀態。

かぎり【極限】　例文 B

にかぎる【最上級】　例文 b

2 実力テスト

做對了，往 😊 走，做錯了往 ✕ 走。

次の文の＿＿＿＿にはどんな言葉を入れたらよいか。1・2から最も適当なものをひとつ選びなさい。

實力測驗
Q 哪一個是正確的？

---

1 結婚を決める（　　）、重要なことが一つあります。

1．にあたって　2．において

譯
1．にあたって：在…之時
2．において：在…方面

---

2 出発（　　）、一言ごあいさつを申し上げます。

1．につけ　　　2．に際して

譯
1．につけ：每當…就…
2．に際して：在…之際

---

3 「おやすみなさい」と言ったか言わない（　　）、もう眠ってしまった。

1．かのうちに　2．とたんに

譯
1．かのうちに：剛剛…就…
2．とたんに：剛…就…

---

4 契約を結び（　　）、工事を開始します。

1．とたんに　　2．次第

譯
1．とたんに：在…同時…
2．次第：一…立即

---

5 子供が川に落ちたのを見て、警察に連絡する（　　）、救助に向かった。

1．反面　　　　2．一方

譯
1．反面：另一面
2．一方：在…的同時，還…

---

6 道路が混雑し（　　）、出発したほうがいい。

1．に先立ち　　2．ないうちに

譯
1．に先立ち：事先…
2．ないうちに：在還沒有之前先…

答案：（1）1（2）2（3）1
　　　（4）2（5）2（6）2

Chapter

3

★★★★★

原因、結果

1 あまり（に）	7 ばかりに
2 いじょう（は）	8 ことから
3 からこそ	9 あげく（に／の）
4 からといって	10 すえ（に／の）
5 しだいです	
6 だけに	

🎧 Track 023

1 あまり（に）
由於太…オ…；由於過度…、因過於…、過度…

接續方法 ｛名詞の；動詞辭書形｝＋あまり（に）

意思1

【原因】 表示某種程度過甚的原因，導致後項不同尋常的結果，常與含有程度意義的名詞搭配使用。常用「あまりの＋形容詞詞幹＋さ＋に」的形式。

例文A

やま み みずうみ うつく こと ば うしな
山から見える湖のあまりの美しさに言葉を失った。

從山上俯瞰的湖景實在太美了，令人一時說不出話來。

補充

〔極端的程度〕表示由於前句某種感情、感覺的程度過甚，而導致後句的結果。前句表示原因，後句一般是不平常的或不良的結果。常接在表達感情或狀態的詞彙後面。後項不能用表示願望、意志、推量的表達方式。

例文

こども しんぱい はは びょうき
子供を心配するあまり、母は病気になってしまった。

媽媽由於太擔心孩子而生病了。

● だけに

到底是…、正因為…，所以更加…

接續方法 {名詞；形容動詞詞幹な；[形容詞・動詞] 普通形} ＋だけに

意思

【原因】 表示原因。表示正因為前項，理所當然地有相應的結果，或有比一般程度更深的後項。

例文 a

<ruby>役者<rt>やくしゃ</rt></ruby>としての<ruby>経験<rt>けいけん</rt></ruby>が<ruby>長<rt>なが</rt></ruby>いだけに、<ruby>演技<rt>えんぎ</rt></ruby>がとてもうまい。

正因為有長期的演員經驗，所以演技真棒！

◆ 比較說明 ◆

「あまり」表原因，表示由於前項的某種十分極端程度，而導致後項的不尋常或壞的結果。前接名詞時要加上「の」；「だけに」也表原因，表示正因為前項，後項就顯得更厲害。「だけに」前面要直接接名詞，不需多加「の」。

あまり【原因】
例文 A

だけに【原因】
例文 a

2 いじょう (は)
既然…、既然…，就…、正因為…

接續方法 {動詞普通形} ＋以上 (は)

意思1

【原因】由於前句某種決心或責任，後句便根據前項表達相對應的決心、義務或奉勸。有接續助詞作用。後項多接説話人對聽話人的勸導、建議、決心的「なければならない、べきだ、てはいけない、つもりだ」等句型，或説話人的判斷、意向的「はずだ、にちがいない」等句型。

例文A

ペットを飼う以上は、最後まで責任をもつべきだ。

既然養了寵物，就有責任照顧牠到臨終的那一刻。

比較

● うえは
既然…、既然…就…

接續方法 {動詞普通形} ＋上は

意思

【決心】前接表示某種決心、責任等行為的詞，後續表示必須採取跟前面相對應的動作。後句是説話人的判斷、決定或勸告。有接續助詞作用。

例文a

会社をクビになった上は、屋台でもやるしかない。

既然被公司炒魷魚，就只有開路邊攤了。

◆ 比較說明 ◆

「いじょう（は）」表原因，表示強調原因，因為前項，所以理所當然就要有相對應的後項；「うえは」也表決心性的原因，表示因為前項，理所當然就要有責任或心理準備做後項。兩者意思非常接近，但「うえは」的「既然…」的語氣比「いじょう」更為強烈。「いじょう（は）」可以省略「は」，但「うえは」不可以省略。

🎧 **Track 025**

3 からこそ
正因為…、就是因為…

接續方法 {名詞だ；形容動詞書形；[形容詞・動詞]普通形} ＋から こそ

意思1

【原因】 表示説話者主觀地認為事物的原因出在何處，並強調該理 由是唯一的、最正確的、除此之外沒有其他的了。

例文A

田舎だからこそできる遊びがある。
某些遊戲要在鄉間才能玩。

補 充

〖後接のだ／んだ〗後面常和「のだ／んだ」一起使用。

例 文

親は子供を愛しているからこそ、厳しいときもある んだよ。
有時候父母是出自於愛之深責之切，才會對兒女嚴格要求。

比較

● **ゆえ(に)**
因為…

46

接續方法 {名詞・形容動詞} ＋ゆえ（に）

意思

【原因】表示原因、理由。表示前項是原因，造成後項的事態。是文言的表達方式。「ゆえに」也作為接續詞，表示進行邏輯推理，引出結果。

例文 a

苦（くる）しいゆえに、勝利（しょうり）を獲得（かくとく）した時（とき）の喜（よろこ）びが大（おお）きいのだ。
由於十分艱苦，所以取得勝利時才格外高興。

◆ 比較說明 ◆

「からこそ」表原因，表示不是因為別的，而就是因為這個原因，是一種強調順理成章的原因。是說話人主觀認定的原因，一般用在正面的原因；「ゆえ」也表原因，表示因果關係。後項是結果，前項是理由。

からこそ【原因】

例文 A

ゆえ【原因】

例文 a

🎧 Track 026

4 からといって

(1)（某某人）說是…（於是就）；(2)（不能）僅因…就…、即使…，也不能…

接續方法 {[名詞・形容動詞詞幹]だ；[形容詞・動詞] 普通形} ＋からといって

意思1

【引用理由】表示說話人引用別人陳述的理由。

彼が好きだからといって、彼女は親の反対を押し
切って結婚した。

她說喜歡他，於是就不顧父母反對結了婚。

意思2

【原因】表示不能僅僅因為前面這一點理由，就做後面的動作，後
面常接否定的説法，大多用在表達説話人的建議、評價上，或對某
實際情況的提醒、訂正上。

例文 B

ゲームが好きだからといって、一日中するのはよく
ない。

雖說喜歡打電玩，可是從早打到晚，身體會吃不消的。

補 充

〖口語－からって〗口語中常用「からって」。

例 文

大変だからって、諦めちゃだめだよ。

不能因為嫌麻煩就半途而廢喔！

比較

● といっても

雖說…，但…、雖說…，也並不是很…

接續方法 {名詞；形容動詞詞幹；[名詞・形容詞・形容動詞・動詞]
普通形} ＋といっても

意 思

【讓步】表示承認前項的説法，但同時在後項做部分的修正，或限
制的內容，説明實際上程度沒有那麼嚴重。後項多是説話者的判斷。

例文 b

貯金があるといっても、10万円ほどですよ。

雖說有存款，但也只有十萬日圓而已。

「からといって」表原因，在這裡表示不能僅僅因為前項的理由，就有後面的否定説法；「といっても」表讓步，表示實際上並沒有聽話人所想的那麼多，雖説前項是事實，但程度很低。

🎧 Track 027

5 しだいです
由於…、オ…、所以…

接續方法 {動詞普通形；動詞た形；動詞ている} ＋次第です

意思1

【原因】解釋事情之所以會演變成如此的原由。是書面用語，語氣生硬。

例文A

今日は、先日お渡しできなかった資料を全部お持ちした次第です。

日前沒能交給您的資料，今天全部備齊帶過來了。

比較

● ということだ
也就是說…、這就是…

接續方法 {簡體句} ＋ということだ

意思

【結論】明確地表示自己的意見、想法之意，也就是對前面的內容加以解釋，或根據前項得到的某種結論。

例文 a

ご意見がないということは、皆さん、賛成というこ
とですね。

沒有意見的話，就表示大家都贊成了吧！

◆ 比較說明 ◆

「しだいです」表原因，解釋事情之所以會演變成這樣的原因；
「ということだ」表結論，表示根據前項的情報、狀態得到某種結
論。

しだいです【原因】　例文A

ということだ【結論】　例文a

賛成

6　だけに
(1)到底是…、正因為…，所以更加…、由於…，所以特別…；(2)正因為…反倒…

接續方法 {名詞；形容動詞詞幹な；[形容詞・動詞] 普通形} ＋だけ
に

意思1

【原因】表示原因。表示正因為前項，理所當然地有相應的結果，
或有比一般程度更深的後項的狀況。

例文A

母は花が好きなだけに、花の名前をよく知っている。

由於媽媽喜歡花，所以對花的名稱知之甚詳。

意思2

【反預料】表示結果與預料相反、事與願違。大多用在結果不好
的情況。

例文 B

親子三代で通った店だけに、なくなってしまうのは、大変残念です。

正因為是我家祖孫三代都喜歡吃的館子，就這樣關門，真叫人感到遺憾!

比較

● だけあって

不愧是⋯；也難怪⋯

接續方法 {名詞；形容動詞詞幹な；[形容詞・動詞] 普通形} ＋だけあって

意 思

【符合期待】表示名實相符，後項結果跟自己所期待或預料的一樣，一般用在積極讚美的時候。副助詞「だけ」在這裡表示與之名實相符。

例文 b

この辺は、商業地域だけあって、とてもにぎやかだ。

這附近不愧是商業區，相當熱鬧。

◆ 比較說明 ◆

「だけに」表反預料，用在跟預料、期待相反的結果。「だけに」也表原因，表示正因為前項，理所當然地才有比一般程度更深的後項的狀況。後項不管是正面或負面的評價都可以；「だけあって」表符合期待，表示後項是根據前項合理推斷出的結果，後項是正面的評價。用在結果是跟自己預料的一樣時。

7 ばかりに
(1)就是因為想…；(2)就因為…、都是因為…，結果…

接續方法 {名詞である；形容動詞詞幹な；[形容詞・動詞]普通形}
＋ばかりに

意思1

【願望】強調由於説話人的心願，導致極端的行為或事件發生，後項多為不辭辛勞或不願意做也得做的內容。常用「たいばかりに」的表現方式。

例文A

海外の彼女に会いたいばかりに、一週間も会社を休んでしまった。
只因為太思念國外的女友而向公司請了整整一星期的假。

意思2

【原因】表示就是因為某事的緣故，造成後項不良結果或發生不好的事情，説話人含有後悔或遺憾的心情。

例文B

働きすぎたばかりに、体をこわしてしまった。
由於工作過勞而弄壞了身體。

比較
● だけに
到底是…、正因為…，所以更加…

接續方法 {名詞；形容動詞詞幹な；[形容詞・動詞] 普通形}＋だけに
意思

【原因】表示原因。表示正因為前項，理所當然地有相應的結果，或有比一般程度更深的後項的狀況。

例文b

彼は政治家としては優秀なだけに、今回の汚職は大変残念です。

正因為他是一名優秀的政治家，所以這次的貪污事件更加令人遺憾。

◆ 比較説明 ◆

「ばかりに」表原因，表示就是因為前項的緣故，導致後項壞的結果或狀態，後項是一般不可能做的行為；「だけに」也表原因，表示正因為前項，理所當然地導致後來的狀況，或因為前項，理所當然地才有比一般程度更深的後項。

ばかりに【原因】 例文B

だけに【原因】 例文b

8 ことから
(1)從…來看、因為…；(2)…是由於…；(3)根據…來看

接續方法 {名詞である；形容動詞詞幹な；[形容詞・動詞] 普通形}
＋ことから

意思1

【理由】表示後項事件因前項而起。

例文A

妻とは同じ町の出身ということから、交際が始まった。

我和太太當初是基於同鄉之緣才開始交往的。

意思2

【由來】用於説明命名的由來。

富士山が見えるということから、この町は富士町という名前が付いた。

由於可以遠眺富士山，因此這個地方被命名為富士町。

意思 3

【根據】根據前項的情況，來判斷出後面的結果或結論。

例文 C

煙が出ていることから、近所の工場で火事が発生したのが分かった。

從冒出濃煙的方向判斷，可以知道附近的工廠失火了。

比較

● ことだから

因為是…，所以…

接續方法 {名詞の} ＋ことだから

意 思

【根據】表示自己判斷的依據。主要接表示人物的詞後面，前項是根據説話雙方都熟知的人物的性格、行為習慣等，做出後項相應的判斷。

例文 c

主人のことだから、また釣りに行っているのだと思います。

我想我老公一定又去釣魚了吧！

◆ 比較說明 ◆

「ことから」表根據，表示依據前項來判斷出後項的結果。也表示理由跟名稱的由來；「ことだから」也表根據，表示説話人到目前為止的經驗，來推測前項，大致確實會有後項的意思。「ことだから」前面接的名詞一般為人或組織，而接中間要接「の」。

ことから【根拠】		ことだから【根拠】	
	例文 c		例文 c

9 あげく (に／の)
…到最後、…，結果…

接續方法 {動詞性名詞の；動詞た形}＋あげく (に／の)

意思1

【結果】表示事物最終的結果，指經過前面一番波折和努力所達到的最後結果或雪上加霜的結果，後句的結果多因前句，而造成精神上的負擔或麻煩，多用在消極的場合，不好的狀態。

例文A

その客は一時間以上迷ったあげく、何も買わず帰っていった。

那位顧客猶豫了不止一個鐘頭，結果什麼都沒買就離開了。

補充1

〖あげくの＋名詞〗後接名詞時，用「あげくの＋名詞」。

例文

彼女の離婚は、年月をかけて話し合ったあげくの結論だった。

她的離婚是經過多年來雙方商討之後才做出的結論。

補充2

〖さんざん〜あげく〗常搭配「さんざん、いろいろ」等強調「不容易」的詞彙一起使用。

弟はさんざん悩んだあげく、大学をやめることにした。

弟弟經過一番掙扎，決定從大學輟學了。

補充3

〖慣用表現〗慣用表現「あげくの果て」為「あげく」的強調説法。

兄はさんざん家族に心配をかけ、あげくの果てに警察に捕まった。

哥哥的行徑向來讓家人十分憂心，終究還是遭到了警方的逮捕。

比較
● うちに

趁…做…、在…之內…做…

接續方法 {名詞の；形容動詞詞幹な；[形容詞・動詞]辭書形}＋うちに

意 思

【期間】表示在前面的環境、狀態持續的期間，做後面的動作，相當於「～（している）間に」。

昼間は暑いから、朝のうちに散歩に行った。

白天很熱，所以趁早去散步。

◆ 比較說明 ◆

「あげくに」表結果，表示經過了前項一番波折並付出了極大的代價，最後卻導致後項不好的結果；「うちに」表期間，表示在某一狀態持續的期間，進行某種行為或動作。有「等到發生變化就晚了，趁現在…」的含意。

あげくに【結果】

例文A

うちに【期間】

例文a

10 すえ（に／の）
經過…最後、結果…、結局最後…

接續方法 {名詞の}＋末（に／の）；{動詞た形}＋末（に／の）

意思1

【結果】表示「經過一段時間，做了各種艱難跟反覆的嘗試，最後成為…結果」之意，是動作、行為等的結果，意味著「某一期間的結束」，為書面語。

例文A

これは、数年間話し合った末の結論です。

這是幾年來多次商談之後得出的結論。

補充1

〖末の＋名詞〗後接名詞時，用「末の＋名詞」。

例 文

N1合格は、努力した末の結果です。

能夠通過N1級測驗，必須歸功於努力的成果。

補充2

〖すえ〜結局〗語含説話人的印象跟心情，因此後項大多使用「結局、とうとう、ついに、色々、さんざん」等猶豫、思考、反覆等意思的副詞。

さんざん悩んだ末、結局帰国することにした。

經過一番天人交戰之後，結果還是決定回去故鄉了。

● あげく（に／の）

…到最後、…，結果…

接続方法 {動詞性名詞の；動詞た形}＋あげく（に／の）

意　思

【結果】表示事物最終的結果，指經過前面一番波折和努力所達到的最後結果，後句的結果多因前句，而造成精神上的負擔或麻煩，多用在消極的場合。

年月をかけた準備のあげく、失敗してしまいました。

花費多年準備，結果卻失敗了。

◆ 比較說明 ◆

「すえに」表結果，表示花了前項很長的時間，有了後項最後的結果，後項可以是積極的，也可以是消極的。較不含感情的說法。
「あげく」也表結果，表示經過前面一番波折達到的最後結果，後項是消極的結果。含有不滿的語氣。

すえに【結果】　例文 A

あげく【結果】　例文 a

次の文の_____にはどんな言葉を入れたらよいか。1・2から最も適当なものをひとつ選びなさい。

實力測驗
Q 哪一個是正確的？

1 驚きの（　）、腰が抜けてしまった。
1. だけに　　2. あまり

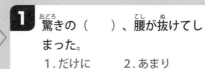

譯
1. だけに：由於…
2. あまり：由於過度…

2 一度や二度失敗した（　）、自分の夢を諦めてはいけません。
1. からといって　2. といっても

譯
1. からといって：（不能）僅因…就…
2. といっても：雖說…，但…

3 信じていた（　）、裏切られたときはショックだった。
1. だけに　　2. だけあって

譯
1. だけに：由於…
2. だけあって：不愧是…

4 保険金を手に入れたい（　）、夫を殺してしまった。
1. ばかりに　　2. だけに

譯
1. ばかりに：就因為…
2. だけに：正因為…

5 些細な（　）、けんかが始まった。
1. ことだから　2. ことから

譯
1. ことだから：由於
2. ことから：…是由於…

6 あきらめずに実験を続けた（　）、とうとう開発に成功した。
1. 末に　　2. あげくに

譯
1. 末に：結果…
2. あげくに：到最後

答案：(1)2 (2)1 (3)1 (4)1 (5)2 (6)1

Chapter

4

★★★★★

条件、逆説、例示、並列

1 ないことには
2 を〜として、を〜とする、を〜とした
3 も〜なら〜も
4 ものなら

5 ながら（も）
6 ものの
7 やら〜やら
8 も〜ば〜も、も〜なら〜も

🎧 Track 033

ないことには
要是不…、如果不…的話，就…

接續方法 {動詞否定形} ＋ないことには

意思1

【條件】表示如果不實現前項，也就不能實現後項，後項的成立以前項的成立為第一要件。後項一般是消極的、否定的結果。

例文A

お金がないことには、何もできない。

沒有金錢，萬事不能。

比較

● からといって
（不能）僅因…就…、即使…，也不能…

接續方法 {[名詞・形容動詞詞幹]だ；[形容詞・動詞] 普通形} ＋からといって

意 思

【原因】表示不能僅僅因為前面這一點理由，就做後面的動作，後面常接否定的説法。

例文 a

読書が好きだからといって、一日中読んでいたら体に悪いよ。

即使愛看書，但整天抱著書看對身體也不好呀！

「ないことには」表條件，表示如果不實現前項，也就不能實現後項；「からといって」表原因，表示不能只因為前面這一點理由，就做後面的動作。

ないことには【條件】

例文A

からといって【原因】

例文a

🎧 Track 034

2 を〜として、を〜とする、を〜とした
把…視為…（的）、把…當做…（的）

接續方法 {名詞} ＋を＋ {名詞} ＋として、とする、とした

意思1

【條件】表示把一種事物當做或設定為另一種事物，或表示決定、認定的內容。「として」的前面接表示地位、資格、名分、種類或目的的詞。

例文A

今回（こんかい）の国際会議（こくさいかいぎ）では、環境問題（かんきょうもんだい）を中心（ちゅうしん）とした議論（ぎろん）が続（つづ）いた。

在本屆國際會議中，進行了一連串以環境議題為主旨的論壇。

比較

● について（は）、につき、についても、についての

有關…、就…、關於…

接續方法 {名詞} ＋について (は)、につき、についても、についての

意思

【對象】表示前項先提出一個話題，後項就針對這個話題進行說明。

例文 a

江戸時代（えどじだい）の商人（しょうにん）についての物語（ものがたり）を書（か）きました。

撰寫了一個有關江戸時期商人的故事。

◆ 比較說明 ◆

「を～として」表條件，表示視前項為某種事物進而採取後項行動；「について」表對象，表示就前項事物來進行說明、思考、調查、詢問、撰寫等動作。

を～として【條件】

例文 A

について【對象】

例文 a

🎧 Track 035

3 も～なら～も

…不…，…也不…、…有…的不對，…有…的不是

接續方法 {名詞} ＋も＋ {同名詞} ＋なら＋ {名詞} ＋も＋ {同名詞}

意思 1

【條件】表示雙方都有缺點，帶有譴責的語氣。

例文 A

隣（となり）のご夫婦（ふうふ）、毎日（まいにち）喧嘩（けんか）ばかりしているね。ご主人（しゅじん）もご主人（しゅじん）なら、奥（おく）さんも奥（おく）さんだ。

隔壁那對夫婦天天吵架。先生有不對之處，太太也有該檢討的地方。

比較

● も～し～も

既…又…

接續方法 {名詞}＋も＋{[形容詞・動詞]普通形；[形容動詞詞幹だ]}＋し＋{名詞}＋も

意　思

【反覆】表示提出兩個同類事物，再加以並列。

例文 a

ここは家賃も安いし、景色もいいです。

這裡房租便宜，景觀也好。

◆ 比較說明 ◆

「も～なら～も」表條件，表示雙方都有問題存在，都應該遭到譴責；「も～し～も」表反覆，表示反覆說明同性質的事物。

も～なら～も【條件】

例文 A

も～し～も【反覆】

例文 a

🎧 Track 036

4 ものなら
如果能…的話；要是能…就…

接續方法 {動詞可能形}＋ものなら

意思1

【假定條件】提示一個實現可能性很小且很難的事物，且期待實現的心情，接續動詞常用可能形，口語有時會用「もんなら」。

彼女（かのじょ）のことを、忘（わす）れられるものなら忘（わす）れたいよ。

如果能夠，真希望徹底忘了她。

〔**重複動詞**〕重複使用同一動詞時，有強調實際上不可能做的意味。表示挑釁對方做某行為。帶著向對方挑戰，放任對方去做的意味。由於是種容易惹怒對方的講法，使用上必須格外留意。後項常接「てみろ」、「てみせろ」等。

いつも課長（かちょう）の悪口（わるぐち）ばかり言（い）っているな。直接（ちょくせつ）言（い）えるものなら言（い）ってみろよ。

你老是在背後抱怨課長。真有那個膽量，不如當面說給他聽吧！

● ものだから

就是因為…，所以…

接續方法 {[名詞・形容動詞詞幹]な；[形容詞・動詞]普通形} ＋ものだから

【理由】表示原因、理由，相當於「から」、「ので」常用在因為事態的程度很厲害，因此做了某事。

お葬式（そうしき）で正座（せいざ）して、足（あし）がしびれたものだから立（た）てませんでした。

在葬禮上跪坐得腳麻了，以致於站不起來。

◆ 比較說明 ◆

「ものなら」表假定條件，常用於挑釁對方，前接包含可能意義的動詞，通常後接表示嘗試、願望或命令的語句；「ものだから」表理由，常用於為自己找藉口辯解，陳述理由，意為「就是因為…才…」。

ものなら【假定條件】

例文A

ものだから【理由】

例文a

5 ながら（も）
很…的是、雖然…，但是…、儘管…、明明…卻…

接續方法 {名詞；形容動詞詞幹；形容詞辭書形；動詞ます形}＋ながら（も）

意思1

【逆接】連接兩個矛盾的事物，表示後項與前項所預想的不同。

例文A

貯金_{ちょきん}しなければと思_{おも}いながらも、ついつい使_{つか}ってしまう。

心裡分明知道非存錢不可，還是不由自主花錢如水。

比較

● どころか
哪裡還…、非但…、簡直…

接續方法 {名詞；形容動詞詞幹な；[形容詞・動詞]普通形}＋どころか

意思

【對比】表示從根本上推翻前項，並且在後項提出跟前項程度相差很遠。

例文a

お金_{かね}が足_たりないどころか、財布_{さいふ}は空_{から}っぽだよ。

哪裡是不夠錢，錢包裡就連一毛錢也沒有。

「ながら」表逆接，表示一般如果是前項的話，不應該有後項，但是確有後項的矛盾關係；「どころか」表對比，表示程度的對比，比起前項後項更為如何。後項內容大多跟前項所說的相反。

ながら【逆接】
例文A

どころか【對比】
例文a

🎧 Track 038

6 ものの
雖然…但是…

接續方法 {名詞である；形容動詞詞幹な；[形容詞・動詞]普通形}
＋ものの

意思1

【逆接】表示姑且承認前項，但後項不能順著前項發展下去。後項是否定性的內容，一般是對於自己所做、所說或某種狀態沒有信心，很難實現等的說法。

例文A

この会社は給料が高いものの、人間関係はあまりよくない。

這家公司雖然薪資很高，內部的人際關係卻不太融洽。

比較

● とはいえ
雖然…但是…

接續方法 {名詞(だ)；形容動詞詞幹(だ)；[形容詞・動詞]普通形}
＋とはいえ

意 思

【逆接】表示逆接轉折。前後句是針對同一主詞所做的敘述，表示先肯定那事雖然是那樣，但是實際上卻是後項的結論。也就是後項的説明，是對前項既定事實的否定或是矛盾。後項一般為説話人的意見、判斷的內容。書面用語。

例文 a

暦の上では春とはいえ、まだまだ寒い日が続く。

雖然已過立春，但是寒冷的天氣依舊。

◆ 比較説明 ◆

「ものの」表逆接，表示後項跟之前所預料的不一樣；「とはいえ」也表逆接，表示後項的結果跟前項的情況不一致，用在否定前項的既有印象，通常後接説話者的意見或評斷的表現方式。

もののの【逆接】

例文A

とはいえ【逆接】

例文 a

🎧 Track 039

7 やら〜やら
…啦…啦、又…又…

接續方法 {名詞} ＋やら＋ {名詞} ＋やら、 {形容動詞詞幹；[形容詞・動詞]普通形} ＋やら＋ {形容動詞詞幹；[形容詞・動詞]普通形} ＋やら

意思1

【例示】表示從一些同類事項中，列舉出兩項。大多用在有這樣，又有那樣，真受不了的情況。多有感覺麻煩、複雜，心情不快的語感。

花粉症で、鼻水がでるやら目が痒いやら、もう我慢できない。

由於花粉熱發作，又是流鼻水又是眼睛癢的，都快崩潰啦！

● とか～とか

…啦…啦、…或…、及…

接續方法 {名詞；[形容詞・形容動詞・動詞]辭書形} ＋とか＋ {名詞；[形容詞・形容動詞・動詞]辭書形} ＋とか

意 思

【例示】「とか」上接同類型人事物的名詞之後，表示從各種同類的人事物中選出幾個例子來説，或羅列一些事物，暗示還有其它，是口語的説法。

例文 a

赤とか青とか、いろいろな色を塗りました。

或紅或藍，塗上了各種的顏色。

◆ 比較說明 ◆

「やら～やら」表例示，表示從這些事項當中舉出幾個當例子，含有除此之外，還有其他。説話者大多抱持不滿的心情；「とか～とか」也表列示，但是只是單純的從幾個例子中，例舉出代表性的事例。不一定抱持不滿的心情。

8 も～ば～も、も～なら～も
既…又…、也…也…

接續方法 {名詞} ＋も＋ {[形容詞・動詞]假定形} ＋ば {名詞} ＋も；
{名詞} ＋も＋ {名詞・形容動詞詞幹} ＋なら、{名詞} ＋も

意思1

【並列】 把類似的事物並列起來，用意在強調。

例文A

お正月は、病院も休みなら銀行も休みですよ。気を
つけて。

元旦假期不僅醫院休診，銀行也暫停營業，要留意喔！

補充

〖對照事物〗或並列對照性的事物，表示還有很多情況。

例文

試験の結果は、いい時もあれば悪い時もある。

考試的分數時高時低。

比較

● やら～やら
…啦…啦、又…又…

接續方法 {名詞} ＋やら＋ {名詞} ＋やら、{形容動詞詞幹；[形容詞・
動詞]普通形} ＋やら＋ {形容動詞詞幹；[形容詞・動詞]普通形} ＋
やら

意思

【例示】 表示從一些同類事項中，列舉出兩項。大多用在有這樣，
又有那樣，真受不了的情況。多有心情不快的語感。

例文a

近所に工場ができて、騒音やら煙やら、悩まされて
いるんですよ。

附近開了家工廠，又是噪音啦，又是黑煙啦，真傷腦筋！

「も～なら～も」表並列關係，在前項加上同類的後項；「やら～
やら」表例示，說話者大多抱持不滿的心情，從這些事項當中舉出
幾個當例子，暗含還有其他。

実力テスト
做對了，往 走，做錯了往 ✖ 走。

次の文の＿＿＿にはどんな言葉を入れたらよいか。1・2から最も適当なものをひとつ選びなさい。

實力測驗
Q 哪一個是正確的？

1 まず付き合ってみ（　　）、どんな人か分かりません。
1.からといって　2.ないことには

譯
1.からといって：即使…也不能…
2.ないことには：如果不…就…

2 これを一つの区切り（　　）、これまでの成果を広く知ってもらおうと思います。
1.について　2.として

譯
1.について：針對…
2.として：把…當作

3 面と向かって言える（　　）、言ってみなさい。
1.ものなら　2.ものだから

譯
1.ものなら：如果能…就…
2.ものだから：都是因為…

4 最近の財布は、小さい（　　）抜群の収納力があります。
1.ながらも　2.どころか

譯
1.ながらも：雖然…但是…
2.どころか：何止…

5 祖父は体は丈夫な（　　）、最近目が悪くなってきた。
1.とはいえ　2.ものの

譯
1.とはいえ：雖說…
2.ものの：雖然…可是…

6 彼は酒癖が悪くて、酒を飲んだら泣く（　　）わめく（　　）大変だ。
1.やら…やら　2.とか…とか

譯
1.やら…やら：…啦…啦
2.とか…とか：…啦…啦

答案：（1）2（2）2（3）1
（4）1（5）2（6）1

Chapter

5

★★★★★

付帯、付加、変化

1 こと(も)なく
2 をぬきにして(は／も)、はぬきにして
3 ぬきで、ぬきに、ぬきの、ぬきには、ぬきでは
4 うえ(に)
5 だけでなく
6 のみならず
7 きり
8 ないかぎり
9 つつある

🎧 Track 041

1 こと(も)なく
不…、不…(就)…、不…地…

接續方法 {動詞辭書形}＋こと(も)なく

意思1

【非附帶狀態】 表示「沒做前項，而做後項」。也表示從來沒有發生過某事，或出現某情況。

例文A

週末は体調が悪かったので、外出することもなくずっと家にいました。

由於身體狀況不佳，週末一直待在家裡沒出門。

比較

● **ぬきで、ぬきに、ぬきの、ぬきには、ぬきでは**
省去…、沒有…

接續方法 {名詞}＋抜きで、抜きに、抜きの、抜きには、抜きでは

意思

【非附帶狀態】 表示除去或省略一般應該有的部分。

例文a

今日は仕事の話は抜きで飲みましょう。

今天就別提工作，喝吧！

「ことなく」表非附帶狀態，表示沒有進行前項被期待的動作，就開始了後項的動作的；「ぬきで」也表非附帶狀態，表示除去或撇開說話人認為是多餘的前項，而直接做後項的事物。

ことなく【非附帶狀態】

例文A

ぬきで【非附帶狀態】

例文a

2 をぬきにして (は／も)、はぬきにして
(1)去掉…、停止…；(2)沒有…就（不能）…

接續方法 {名詞} ＋を抜きにして (は／も)、は抜きにして

意思1

【不附帶】表示去掉前項一般情況下會有的事態，做後項動作。

例文A

冗談を抜きにして、本当のことを言ってください。

請不要開玩笑，告訴我實情！

意思2

【附帶】「抜き」是「抜く」的ます形，後轉當名詞用。表示沒有前項，後項就很難成立。

例文B

彼の活躍を抜きにして、この試合には勝てなかっただろう。

若是沒有他的活躍表現，想必這場比賽不可能獲勝！

● はもちろん、はもとより

不僅…而且…、…不用說，…也…

接續方法 {名詞} ＋はもちろん、はもとより

意思

【附加】表示一般程度的前項自然不用說，就連程度較高的後項也不例外，相當於「は言うまでもなく～（も）」。

例文 b

病気の治療はもちろん、予防も大事です。

疾病的治療自不待言，預防也很重要。

◆ 比較說明 ◆

「をぬきにして」表附帶，表示沒有前項，後項就很難成立；「はもちろん」表附加，表示前後兩項都不例外。

🎧 Track 043

3 ぬきで、ぬきに、ぬきの、ぬきには、ぬきでは

省去…、沒有…

意思1

【非附帶狀態】{名詞}＋抜きで、抜きに、抜きの。表示除去或省略一般應該有的部分。

今日は忙しくて、昼食抜きで働いていた。

今天忙得團團轉，從早工作到晚，連午餐都沒空吃。

補　充

〖ぬきの＋N〗後接名詞時，用「抜きの＋名詞」。

例　文

ネギ抜きのたまごうどんを一つ、お願いします。

麻煩我要一碗不加蔥溏心蛋的烏龍麵。

意思2

【必要條件】{名詞}＋抜きには、抜きでは。為「如果沒有…（就無法…）」之意。

例文B

今日の送別会は君抜きでは始まりませんよ。

今天的歡送會怎能缺少你這位主角呢？

比較

● にかわって、にかわり

　　替…、代替…、代表…

接續方法 {名詞}＋にかわって、にかわり

意　思

【代理】前接名詞為「人」的時候，表示應該由某人做的事，改由其他的人來做。是前後兩項的替代關係。相當於「～の代理で」。

例文b

親族一同にかわって、ご挨拶申し上げます。

僅代表全體家屬，向您致上問候之意。

◆ 比較說明 ◆

「ぬきでは」表必要條件，表示若沒有前項，後項本來期待的或預期的事也無法成立；「にかわって」表代理，意為代替前項做某件事。

ぬきで【必要條件】

例文B

○○さん、
お疲れ様でした

にかわって【代理】

例文b

4 うえ(に)
…而且…、不僅…，而且…、在…之上，又…

接續方法 {名詞の；形容動詞詞幹な；[形容詞・動詞] 普通形} ＋上 (に)

意思1

【附加】表示追加、補充同類的內容。在本來就有的某種情況之外，另外還有比前面更甚的情況。正面負面都可以使用。含有「十分、無可挑剔」的語感。後項不能用拜託、勸誘、命令、禁止等使役性的表達形式。另外前後項必需是同一性質的，也就是前項為正面因素，後項也必需是正面因素，負面以此類推。

例文A

朝
あさ
から頭
あたま
が痛
いた
い上
うえ
に、少
すこ
し熱
ねつ
があるので、早
はや
く帰
かえ
りたい。

一早就開始頭痛，還有點發燒，所以想快點回家休息。

比較

● うえで(の)

在…之後、…以後…、之後(再)…

接續方法 {名詞の；動詞た形} ＋上で(の)

【前提】表示兩動作間時間上的先後關係。先進行前一動作，後面再根據前面的結果，採取下一個動作。

例文 a

土地を買った上で、建てる家を設計しましょう。

買了土地以後，再設計房子。

◆ 比較說明 ◆

「うえ（に）」表附加，表示追加、補充同類的內容；「うえで」表前提，表動作的先後順序。先做前項，在前項的基礎上，再做後項。

うえ（に）【附加】　例文 A

うえで（の）【前提】　例文 a

🎧 Track 045

5 だけでなく

不只是…也…、不光是…也…

接續方法 {名詞；形容動詞詞幹な；[形容詞・動詞]普通形} ＋だけでなく

意思 1

【附加】表示前項和後項兩者皆是，或是兩者都要。

例文 A

肉だけでなく、野菜も食べなさい。

別光吃肉，也要吃青菜！

● ばかりか、ばかりでなく

豈止…，連…也…、不僅…而且…

接續方法 {名詞；形容動詞詞幹な；[形容詞・動詞]普通形} ＋ばかりか、ばかりでなく

意 思

【附加】表示除了前項的情況之外，還有後項的情況，語意跟「だけでなく〜も〜」相同，後項也常會出現「も、さえ」等詞。

例文 a

彼は、勉強ばかりでなくスポーツも得意だ。

他不光只會唸書，就連運動也很行。

◆ 比較說明 ◆

「だけでなく」表附加，表示前項後項兩者都是，不僅有前項的情況，同時還添加、累加後項的情況；「ばかりか」也表附加，表示除前項的情況之外，還有後項程度更甚的情況。

だけでなく【附加】

例文 A

ばかりか【附加】

例文 a

🎧 Track 046

6 のみならず

不僅…，也…、不僅…，而且…、非但…，尚且…

接續方法 {名詞；形容動詞詞幹である；[形容詞・動詞]普通形} ＋のみならず

意思1

【附加】表示添加，用在不僅限於前接詞的範圍，還有後項更進一層、範圍更為擴大的情況。

都心のみならず、地方でも少子高齢化が問題になっている。

不光是都市精華地段，包括村鎮地區同樣面臨了少子化與高齢化的考驗。

補 充

〖のみならず〜も〗後項常用「も、まで、さえ」等詞語。

例 文

ボーナスのみならず、給料さえもカットされるそうだ。

據說不光是獎金縮水，甚至還要減俸。

比較

● にとどまらず（も）

不僅…還…、不限於…、不僅僅…

接續方法 ｛名詞（である）；動詞辭書形｝＋にとどまらず（も）

意 思

【非限定】表示不僅限於前面的範圍，更有後面廣大的範圍。前接一窄狹的範圍，後接一廣大的範圍。有時候「にとどまらず」前面會接格助詞「だけ、のみ」來表示強調，後面也常和「も、まで、さえ」等相呼應。

例文a

テレビの悪影響は、子供たちのみにとどまらず、大人にも及んでいる。

電視節目所造成的不良影響，不僅及於孩子們，甚至連大人亦難以倖免。

◆ 比較說明 ◆

「のみならず」表附加，帶有「範圍擴大到…」的語意；「にとどまらず」表非限定，前面常接區域或時間名詞，表示「不僅限於前項的狹窄範圍，已經涉及到後項這一廣大範圍」的意思。但使用的範圍沒有「のみならず」那麼廣大。

のみならず【附加】

例文A

にとどまらず【非限定】

例文a

7 きり
…之後，再也沒有…、…之後就…

接續方法 {動詞た形}＋きり

意思1

【無變化】後面常接否定的形式，表示前項的動作完成之後，應該進展的事，就再也沒有下文了。含有出乎意料地，那之後再沒有進展的意外的語感。

例文A

寝（ね）たきりのお年寄（としよ）りが多（おお）くなってきた。

據說臥病在床的銀髮族有增多的趨勢。

比較

● しか＋〔否定〕
只、僅僅

接續方法 {名詞（＋助詞）}＋しか～ない

意思

【限定】「しか」下接否定，表示限定。表示除此之外再也沒有別的了。

例文a

私（わたし）にはあなたしかいません。

你是我的唯一。

「きり」表示無變化，後接否定表示發生前項的狀態後，再也沒有發生後項的狀態。另外。還有限定的意思，也可以後接否定；「しか」只有表示限定、限制，後面雖然也接否定的表達方式，但有消極的語感。

きり【無變化】

例文A

しか【限定】

例文a

🎧 Track 048

8 ないかぎり
除非…，否則就…、只要不…，就…

接續方法 {動詞否定形} ＋ないかぎり

意思 1

【無變化】表示只要某狀態不發生變化，結果就不會有變化。含有如果狀態發生變化了，結果也會有變化的可能性。

例文A

しゅじん あやま かぎ わたし なに はな
主人が謝ってこない限り、私からは何も話さない。
除非丈夫向我道歉，否則我沒什麼話要對他說的！

比較

● **ないうちに**
在未…之前，…、趁沒…

接續方法 {動詞否定形} ＋ないうちに

意思

【期間】這也是表示在前面的環境、狀態還沒有產生變化的情況下，做後面的動作。

81

例文 a

嵐が来ないうちに、家に帰りましょう。

趁暴風雨還沒來之前,回家吧!

◆ 比較說明 ◆

「ないかぎり」表無變化,表示只要某狀態不發生變化,結果就不會有變化;而「ないうちに」表期間,表示在前面的狀態還沒有產生變化,做後面的動作。

ないかぎり【無變化】　例文A

ないうちに【期間】　例文a

🎧 Track 049

9 つつある
正在…

接續方法 {動詞ます形}＋つつある

意思1

【狀態變化】接繼續動詞後面,表示某一動作或作用正向著某一方向持續發展,為書面用語。相較於「ている」表示某動作做到一半,「つつある」則表示正處於某種變化中,因此,前面不可接「食べる、書く、生きる」等動詞。

例文A

インフルエンザは全国で流行しつつある。

全國各地正在發生流行性感冒的大規模傳染。

補充

〖ようやく～つつある〗常與副詞「ようやく、どんどん、だんだん、しだいに、少しずつ」一起使用。

<ruby>日本<rt>に ほん</rt></ruby>に<ruby>来<rt>き</rt></ruby>て３<ruby>か月<rt>げつ</rt></ruby>。<ruby>日本<rt>に ほん</rt></ruby>での<ruby>生活<rt>せいかつ</rt></ruby>にもようやく<ruby>慣<rt>な</rt></ruby>れつつある。

來到日本三個月了，一切逐漸適應當中。

比較

● （よ）うとする

想…、打算…

接續方法 {動詞意向形} ＋（よ）うとする

意　思

【狀態進行】表示動作主體的意志、意圖。主語不受人稱的限制。表示努力地去實行某動作，而且就處於就要開始或結束某事的狀態下。

例文 a

<ruby>赤<rt>あか</rt></ruby>ん<ruby>坊<rt>ぼう</rt></ruby>が<ruby>歩<rt>ある</rt></ruby>こうとしている。

嬰兒正嘗試著走路。

◆ 比較說明 ◆

「つつある」表狀態變化，強調某件事情或某個狀態正朝著一定的方向，一點一點在變化中，也就是變化在進行中；「（よ）うとする」表狀態進行，表示某狀態、狀況在動作主體的意志下，就要開始或是結束。

次の文の_____にはどんな言葉を入れたらよいか。1・2から最も適当なものをひとつ選びなさい。

實力測驗
Q 哪一個是正確的？

1 親に報告する（　　）、二人は結婚届を出してしまった。
　1. ことなく　　2. 抜きで

❌

譯
1. ことなく：不…（就）…
2. 抜きで：省去…

2 細かい問題（　　）、双方は概ね合意に達しました。
　1. はもとより　　2. を抜きにして

❌

譯
1. はもとより：不用說…
2. を抜きにして：除掉…

3 おすしは、わさび（　　）お願いします。
　1. 抜きで　　　2. に先立ち

❌

譯
1. 抜きで：省略…
2. に先立ち：事先…

4 あのバンドはアジア（　　）ヨーロッパでも人気があります。
　1. のみならず　　2. にかかわらず

❌

譯
1. のみならず：不僅…，也…
2. にかかわらず：無論…與否…

5 彼女とは一度会った（　　）、その後会っていない。
　1. きり　　　　2. まま

❌

譯
1. きり（ない）：之後，再也沒有…
2. まま：…著

6 地球は次第に温暖化し（　　）。
　1. ようとしている
　2. つつある

❌

譯
1. ようとしている：即將要…
2. つつある：正在…

答案：（1）1　（2）2　（3）1
　　　（4）1　（5）1　（6）2

程度、強調、同様

1 だけましだ
2 ほどだ、ほどの
3 ほど〜はない
4 どころか
5 て(で)かなわない
6 てこそ

7 て(で)しかたがない、て(で)しょうがない、て(で)しようがない
8 てまで、までして
9 もどうぜんだ

★★★★★

1 だけましだ
幸好、還好、好在…

接續方法 {形容動詞詞幹な；[形容詞・動詞]普通形} ＋だけましだ

意思1

【程度】表示情況雖然不是很理想，或是遇上了不好的事情，但也沒有差到什麼地步，或是有「不幸中的大幸」。有安慰人的感覺。「まし」有雖然談不上是好的，但比糟糕透頂的那個比起來，算是好的之意。

例文A

仕事は大変だけど、この不景気にボーナスが出るだけましだよ。

工作雖然辛苦，幸好公司在這景氣蕭條的時代還願意提供員工分紅。

比較

● だけ(で)

光…就…

接續方法 {名詞；形容動詞詞幹な；[形容詞・動詞]普通形} ＋だけ(で)

意思

【限定】表示不管有沒有實際體驗，都可以感受到。

例文a

彼女と温泉なんて、想像するだけで嬉しくなる。

跟她去洗溫泉，光想就叫人高興了！

「だけましだ」表程度，表示儘管情況不是很理想，但沒有更差，還好只到此為止；「だけで」表限定，限定只需前項就能感受得到的意思。

だけましだ【程度】

例文A

だけ（で）【限定】

例文a

🎧 Track 051

2 ほどだ、ほどの
幾乎…、簡直…

接續方法 {名詞；形容動詞詞幹な；[形容詞・動詞] 辭書形}＋ほどだ

意思1

【程度】 表示對事態舉出具體的狀況或事例。為了說明前項達到什麼程度，在後項舉出具體的事例來，也就是具體的表達狀態或動作的程度有多高的意思。

例文A

朝の電車は息ができないほど混んでいる。
あさ　でんしゃ　いき　　　　　　　　　こ

晨間時段的電車擠得讓人幾乎無法呼吸。

補 充

〖ほどの＋N〗後接名詞，用「ほどの＋名詞」。

例 文

彼は君が尊敬するほどの人ではない。
かれ　きみ　そんけい　　　　　　ひと

他不值得你的尊敬。

比較

● くらい（だ）、ぐらい（だ）

幾乎…、簡直…、甚至…

接續方法 {名詞；形容動詞詞幹な；[形容詞・動詞]普通形} ＋くらい（だ）、ぐらい（だ）

意 思

【程度】用在為了進一步説明前句的動作或狀態的極端程度，舉出具體的事例來，相當於「ほど」。

例文 a

田<small>た</small>中<small>なか</small>さんは美<small>び</small>人<small>じん</small>になって、本<small>ほん</small>当<small>とう</small>にびっくりするくらいでした。

田中小姐變得那麼漂亮，簡直叫人大吃一驚。

◆ 比較說明 ◆

「ほどだ」表程度，表示最高程度；「ぐらいだ」也表程度，但表示最低程度。

ほどだ【程度】 例文A

くらい（だ）【程度】 例文a

3 ほど～はない
(1)沒有比…更；(2)用不著…

意思1

【比較】{名詞;形容動詞詞幹な;[形容詞・動詞] 辭書形}＋ほど～はない。表示在同類事物中是最高的，除了這個之外，沒有可以相比的，強調説話人主觀地進行評價的情況。

例文A

今月ほど忙しかった月はない。

一年之中沒有比這個月更忙的月份了。

意思2

【程度】{動詞辭書形}＋ほどのことではない。表示程度很輕，沒什麼大不了的「用不著…」之意。

例文B

こんな風邪、薬を飲むほどのことではないよ。

區區小感冒，不需要吃藥嘛。

比較

● くらい（ぐらい）～はない、ほど～はない

沒什麼是…、沒有像…一樣、沒有比…的了

接續方法 {名詞}＋くらい（ぐらい）＋{名詞}＋はない；{名詞}＋ほど＋{名詞}＋はない

意思

【程度】表示前項程度極高，別的東西都比不上，是「最…」的事物。

例文b

母の作る手料理くらいおいしいものはない。

沒有什麼東西是像媽媽親手做的料理一樣美味的。

「ほど〜はない」表程度，表示程度輕，沒什麼大不了；「くらい〜
はない」表程度，表示的事物是最高程度的。

🎧 Track 053

4 どころか
(1)哪裡還…相反…；(2)哪裡還…、非但…、簡直…

接續方法 {名詞；形容動詞詞幹な；[形容詞・動詞]普通形} ＋どこ
ろか

意思 1

【反預料】表示事實結果與預想內容相反，強調這種反差。

例文A

<ruby>雪<rt>ゆき</rt></ruby>は<ruby>止<rt>や</rt></ruby>むどころか、ますます<ruby>降<rt>ふ</rt></ruby>り<ruby>積<rt>つ</rt></ruby>もる<ruby>一方<rt>いっぽう</rt></ruby>だ。

雪非但沒歇，還愈積愈深了。

意思 2

【程度的比較】表示從根本上推翻前項，並且在後項提出跟前項
程度相差很遠，表示程度不止是這樣，而是程度更深的後項。

例文B

<ruby>学費<rt>がくひ</rt></ruby>どころか、<ruby>毎月<rt>まいつき</rt></ruby>の<ruby>家賃<rt>やちん</rt></ruby>も<ruby>苦労<rt>くろう</rt></ruby>して<ruby>払<rt>はら</rt></ruby>っている。

別說學費了，就連每個月的房租都得費盡辛苦才能付得出來。

● ばかりか、ばかりでなく

豈止…，連…也…、不僅…而且…

接続方法 {名詞；形容動詞詞幹な；[形容詞・動詞]普通形} ＋ばかりか、ばかりでなく

意 思

【附加】表示除了前項的情況之外，還有後項的情況，語意跟「だけでなく～も～」相同，後項也常會出現「も、さえ」等詞。

例文 b

かれ しつれん かいしゃ
彼は、失恋したばかりか、会社さえくびになってしまいました。

他不但失戀了，而且工作也被革職了。

◆ 比較說明 ◆

「どころか」表程度的比較，表示「並不是如此，而是…」後項是跟預料相反的、令人驚訝的內容；「ばかりでなく」表附加，表示「本來光前項就夠了，可是還有後項」，含有前項跟後項都…的意思，強調後項的意思。好壞事都可以用。

5 て(で)かなわない
…得受不了、…死了

接續方法 {形容詞く形}＋てかなわない；{形容動詞詞幹}＋でか
なわない

意思1

【強調】 表示情況令人感到困擾或無法忍受。敬體用「てかなわな
いです」、「てかないません」。「かなわない」是「かなう」的否
定形，意思相當於「がまんできない」和「やりきれない」。

例文A

蚊に刺されて、痒くてかなわない。

被蚊子咬出腫包，快癢死我啦！

比較

● て(で)たまらない
非常…、…得受不了

接續方法 {[形容詞・動詞]て形}＋たまらない；{形容動詞詞幹}＋
でたまらない

意思

【感情】 指説話人處於難以抑制，不能忍受的狀態，前接表達感覺、
感情的詞，表示説話人強烈的感情、感覺、慾望等，相當於「てし
かたがない、非常に」。

例文a

勉強が辛くてたまらない。

書唸得痛苦不堪。

◆ **比較説明** ◆

「て（で）かなわない」表強調，表示情況令人感到困擾、負擔過
大，而無法忍受；「てたまらない」表感情，前接表示感覺、感情
的詞，表示説話人的感情、感覺十分強烈，難以抑制。

て（で）かなわない【強調】
例文A

てたまらない【感情】
例文a

🎧 Track 055

6 てこそ
只有…才（能）、正因為…才…

接續方法 {動詞て形} ＋こそ

意思1

【強調】由接續助詞「て」後接提示強調助詞「こそ」表示由於實現了前項，從而得出後項好的結果。「てこそ」後項一般接表示褒意或可能的內容。是強調正是這個理由的説法。後項是説話人的判斷。

例文A

留学できたのは、両親の協力があってこそです。
りゅうがく　　　　　　　　　　　　りょうしん　きょうりょく

多虧爸媽出資贊助，我才得以出國讀書。

比較

● ばこそ
就是因為…才…、正因為…才…

接續方法 {[名詞・形容動詞詞幹]であれ；[形容詞・動詞]假定形} ＋ばこそ

意思

【原因】強調原因。表示強調最根本的理由。正是這個原因，才有後項的結果。強調説話人以積極的態度説明理由。句尾用「のだ」、「のです」時，有「加強因果關係的説明」的語氣。一般用在正面的評價。書面用語。

例文 a

地道（じみち）な努力（どりょく）があればこそ、成功（せいこう）できたのです。

正因為有踏實的努力，才能成功。

◆ 比較說明 ◆

「てこそ」表強調，表示由於實現了前項，才得到後項的好結果；
「ばこそ」表原因，強調正因為是前項，而不是別的原因，才有後項的事態。說話人態度積極，一般用在正面評價上。

てこそ【強調】
例文 A

ばこそ【原因】
例文 a

🎧 Track 056

---

7 て(で)しかたがない、て(で)しょうがない、て(で)しようがない
…得不得了

接續方法 {形容動詞詞幹；形容詞て形；動詞て形} ＋て (で) しかたがない、て (で) しょうがない、て (で) しようがない

意思1

【強調心情】表示心情或身體，處於難以抑制，不能忍受的狀態，為口語表現。其中「て (で) しょうがない」使用頻率最高。

例文 A

今日（きょう）は社長（しゃちょう）から呼（よ）ばれている。なんの話（はなし）か気（き）になってしようがない。

今天被總經理約談，很想快點知道找我過去到底要談什麼事。

補 充

〖發音差異〗請注意「て (で) しようがない」與「て (で) しょうがない」意思相同，發音不同。

2年ぶりに帰国するので、嬉しくてしようがない。

晚違兩年即將回到家鄉，令我無比雀躍。

● て（で）たまらない

非常…、…得受不了

接續方法 {[形容詞・動詞]て形} ＋たまらない；{形容動詞詞幹} ＋
でたまらない

意 思

【感情】指說話人處於難以抑制，不能忍受的狀態，前接表達感覺、
感情的詞，表示說話人強烈的感情、感覺、慾望等，相當於「てし
かたがない、非常に」。

例文 a

低血圧で、朝起きるのが辛くてたまらない。

因為患有低血壓，所以早上起床時非常難受。

◆ 比較說明 ◆

「てしょうがない」表強調心情，表示身體的某種感覺非常強烈，
或是情緒到了一種無法抑制的地步，為一種持續性的感覺；「てた
まらない」表感情，表示某種身體感覺或情緒十分強烈，特別是用
在生理方面，強調當下的感覺。

8 てまで、までして
到…的地步、甚至…、不惜…；不惜…來

意思1

【強調輕重】{動詞て形}＋まで、までして。前接動詞時，用「てまで」，表示為達到某種目的，而以極大的犧牲為代價。

例文A

自然を壊してまで、便利な世の中が必要なのか。

人類真的有必要為了增進生活的便利而破壞大自然嗎？

補充

〖指責〗{名詞}＋までして。表示為了達到某種目的，採取令人震驚的極端行為，或是做出相當大的犧牲。

例文

借金までして、自分の欲しい物を買おうとは思わない。

我不願意為了買想要的東西而去借錢。

比較

● さえ、でさえ、とさえ
連…、甚至…

接續方法 {名詞＋(助詞)}＋さえ、でさえ、とさえ；{疑問詞…}＋かさえ；{動詞意向形}＋とさえ

意思

【強調輕重】表示舉出的例子都不能了，其他更不必提，相當於「すら、でも、も」。

例文a

私でさえ、あの人の言葉にはだまされました。

就連我也被他的話給騙了。

「てまで」表強調輕重，前接一個極端事例，表示為達目的，付出極大的代價，後項對前項陳述，帶有否定的看法跟疑問；「さえ」也表強調輕重，舉出一個程度低的極端事列，表示連這個都這樣了，別的事物就更不用提了。後項多為否定的內容。

てまで【強調輕重】

例文A

さえ【強調輕重】

例文a

🎧 Track 058

9 もどうぜんだ
…沒兩樣、就像是…

接續方法 {名詞；動詞普通形} ＋も同然だ

意思1

【相同】 表示前項和後項是一樣的，有時帶有嘲諷或是不滿的語感。

例文A

今夜、薬を飲めば治ったも同然です。
こんや くすり の なお どうぜん

今晚只要吃了藥，明天就會好了。

比較

● はもちろん、はもとより
不僅…而且…、…不用說，…也…

接續方法 {名詞} ＋はもちろん、はもとより

意思

【附加】 表示一般程度的前項自然不用說，就連程度較高的後項也不例外，相當於「は言うまでもなく～（も）」。

この辺りは、昼間はもちろん夜も人であふれています。

這一帶別說是白天,就連夜裡也是人聲鼎沸。

◆ **比較說明** ◆

「もどうぜんだ」表相同,表示前項跟後項是一樣的;「はもちろん」表附加,前項舉出一個比較具代表性的事物,後項再舉出同一類的其他事物。後項是強調不僅如此的新信息。

もどうぜんだ【相同】
例文 A

はもちろん【附加】
例文 a

実力テスト

做對了，往 😊 走，做錯了往 ✖ 走。

次の文の＿＿＿＿にはどんな言葉を入れたらよいか。1・2から最も適当なものをひとつ選びなさい。

實力測驗
Q 哪一個是正確的？

1
今日は大雨（おおあめ）だけれど、台風（たいふう）が来（こ）ない（　　）。
1. だけましだ　2. ばかりだ

譯
1. だけましだ：幸好
2. ばかりだ：越來越…

2
実力（じつりょく）がない人（ひと）（　　）、自慢（じまん）したがるものだ。
1. ほど　　　2. に従って

譯
1. ほど：越是…就…
2. に従って：隨著

3
給食（きゅうしょく）はうまい（　　）、まるで豚（ぶた）の餌（えさ）だ。
1. ことから　　2. どころか

譯
1. ことから：由於…
2. どころか：非但…

4
お互（たが）いに助（たす）け合（あ）っ（　　）、本当（ほんとう）の夫婦（ふうふ）と言（い）える。
1. てこそ　　2. てまで

譯
1. てこそ：唯有…才…
2. てまで：不惜…

5
お腹（なか）が空（す）いて（　　）。
1. たまらない　2. しょうがない

譯
1. たまらない：…得受不了
2. しょうがない：…得不得了

6
不正（ふせい）をし（　　）、勝（か）ちたいとは思（おも）わない。
1. ないかぎり　2. てまで

譯
1. ないかぎり：除非…，否則就…
2. てまで：不惜…

答案：（1）1（2）1（3）2
（4）1（5）2（6）2

Chapter

7

★★★★★

観点、前提、根拠、基準

1 じょう（は／では／の／も）
2 にしたら、にすれば、にしてみたら、にしてみれば
3 うえで（の）
4 のもとで、のもとに
5 からして
6 からすれば、からすると

7 からみると、からみれば、からみて（も）
8 ことだから
9 のうえでは
10 をもとに（して／した）
11 をたよりに、をたよりとして、をたよりにして
12 にそって、にそい、にそう、にそった
13 にしたがって、にしたがい

🎧 Track 059

1 じょう（は／では／の／も）
從…來看、出於…、鑑於…上

接續方法 {名詞}＋上（は／では／の／も）

意思1

【觀點】表示就此觀點而言，就某範圍來説。「じょう」前面直接接名詞，如「立場上、仕事上、ルール上、教育上、歴史上、法律上、健康上」等。

例文A

この機械（きかい）は、理論上（りろんじょう）は問題（もんだい）なく動（うご）くはずだが、使（つか）いにくい。

理論上這部機器沒有任何問題，應該可以正常運作，然而使用起來卻很不順手。

比較

うえで（の）
在…之後、…以後…、之後（再）…

接續方法 {名詞の；動詞た形}＋上で（の）

意思

【前提】表示兩動作間時間上的先後關係。先進行前一動作，後面再根據前面的結果，採取下一個動作。

例文a

内容（ないよう）をご確認（かくにん）いただいた上（うえ）で、サインをお願（ねが）いします。

敬請於確認內容以後簽名。

◆ 比較說明 ◆

「じょう」表觀點，前接名詞，表示就某範圍來說；「うえで」表前提，表示「首先，做好某事之後，再⋯」、「在做好⋯的基礎上」之意。

じょう【觀點】　　　　　　　　　　　　例文A

うえで【前提】　　　　　　　　　　　　例文a

契約書

🎧 Track 060

2 にしたら、にすれば、にしてみたら、にしてみれば
對⋯來說、對⋯而言

接續方法 {名詞} ＋にしたら、にすれば、にしてみたら、にしてみれば

意思1

【觀點】 前面接人物，表示站在這個人物的立場來對後面的事物提出觀點、評判、感受。

例文A

娘の結婚は嬉しいことだが、父親にしてみれば複雑な気持ちだ。

身為一位父親，看著女兒即將步入禮堂，可謂喜憂參半。

補充

〖人＋にしたら＋推量詞〗前項一般接表示人的名詞，後項常接「可能、大概」等推量詞。

100

経理の和田さんにしたら、できるだけ経費をおさえ
たいだろう。

就經理的和田先生而言，當然希望盡量減少支出。

• にとって（は／も／の）

對於…來說

接續方法 {名詞}＋にとって（は／も／の）

意 思

【立場】表示站在前面接的那個詞的立場，來進行後面的判斷或評
價，相當於「～の立場から見て」。

例文 a

僕たちにとって、明日の試合は重要です。

對我們來說，明天的比賽至關重要。

◆ 比較說明 ◆

「にしたら」表觀點，表示從說話人的角度，或站在別人的立場，
對某件事情提出觀點、評判、推測；「にとって」表立場，表示從
說話人的角度，或站在別人的立場或觀點上考慮的話，會有什麼樣
的感受之意。

3 うえで（の）

(1)在…時、情況下、方面…；(2)在…之後、…以後…、之後（再）…

意思1

【目的】{名詞の；動詞辭書形}＋上で（の）。表示做某事是為了達到某種目的，用在敘述這一過程中會出現的問題或注意點。

例文A

日本語能力試験は就職する上で必要な資格だ。

日語能力測驗的成績是求職時的必備條件。

意思2

【前提】{名詞の；動詞た形}＋上で（の）。表示兩動作間時間上的先後關係。先進行前一動作，後面再根據前面的結果，採取下一個動作。

例文B

この薬は説明書をよく読んだ上で、お飲みください。

這種藥請先詳閱藥品仿單之後，再服用。

比較

● すえ（に／の）

經過…最後、結果…、結局最後…

接續方法 {名詞の}＋末（に／の）；{動詞た形}＋末（に／の）

意思

【結果】表示「經過一段時間，最後…」之意，是動作、行為等的結果，意味著「某一期間的結束」，為書面語。

例文b

工事は、長期間の作業の末、完了しました。

經過了長時間的作業，這項工程終於完工了。

「うえで」表前提，表示先確實做好前項，以此為條件，才能再進行後項的動作；「すえに」表結果，強調「花了很長的時間，有了最後的結果」，暗示在過程中「遇到了各種困難，各種錯誤的嘗試」等。

うえで【前提】
例文 B

すえに【結果】
例文 b

🎧 Track 062

4 のもとで、のもとに
(1)在…指導下；(2)在…之下

接續方法 {名詞} ＋のもとで、のもとに

意思1

【基準】表示在某人事物的影響範圍下，或在某條件的制約下做某事。

例文A

恩師のもとで研究者として仕事をしたい。
おん し　　　　　　　　けんきゅうしゃ　　　　　しごと

我希望繼續在恩師的門下從事研究工作。

意思2

【前提】表示在受到某影響的範圍內，而有後項的情況。

例文B

青空のもとで、子供達が元気に走りまわっています。
あおぞら　　　　　こどもたち　げんき　　はし

在藍天之下，一群活潑的孩子正在恣意奔跑。

〔星の下に生まれる〕「星の下に生まれる」是「命該如此」、「命中註定」的意思。

例　文

お金もあってハンサムで頭もいい永瀬君は、きっといい星の下で生まれたんだね。

聰明英俊又多金的永瀨同學，想必是含著金湯匙出生的吧！

比較

● をもとに、をもとにして

　　以…為根據、以…為參考、在…基礎上

接續方法 {名詞} ＋をもとに、をもとにして

意　思

【根據】表示將某事物做為啟示、根據、材料、基礎等。後項的行為、動作是根據或參考前項來進行的。相當於「に基づいて」、「を根拠にして」。

例文 b

彼女のデザインをもとに、青いワンピースを作った。

以她的設計為基礎，裁製了藍色的連身裙。

◆ 比較說明 ◆

「のもとで」表前提，表示在受到某影響的範圍內，而有後項的情況；「をもとに」表根據，表示以前項為參考來做後項的動作。

5 からして
從…來看…

接續方法 {名詞}＋からして

意思1

【根據】表示判斷的依據。舉出一個最微小的、最基本的、最不可能的例子，接下來對其進行整體的評判。後面多是消極、不利的評價。

例文A

面接の話し方からして、鈴木さんは気が弱そうだ。

單從面試時的談吐表現來看，鈴木小姐似乎有些內向。

比較

● からといって

（不能）僅因…就…、即使…，也不能…

接續方法 {[名詞・形容動詞詞幹]だ；[形容詞・動詞] 普通形}＋からといって

意思

【原因】表示不能僅僅因為前面這一點理由，就做後面的動作，後面常接否定的説法。

例文a

負けたからといって、いつまでもくよくよしてはいけない。

就算是吃了敗仗，也不能總是一直垂頭喪氣的。

◆ 比較說明 ◆

「からして」表根據，表示從前項來推測出後項；「からといって」表原因，表示「即使有某理由或情況，也無法做出正確判斷」的意思。對於「因為前項所以後項」的簡單推論或行為持否定的意見，用在對對方的批評或意見上。後項多為否定的表現。

からして【根據】 例文A

からといって【原因】 例文a

6 からすれば、からすると

(1)按…標準來看；(2)從…立場來看；(3)根據…來考慮

接續方法 {[名詞・形容動詞詞幹]だ；[形容詞・動詞] 普通形} ＋か
らすれば、からすると

意思 1

【基準】表示比較的基準。

例文A

江戸時代の絵からすると、この絵はかなり高価だ。

按江戶時代畫的標準來看，這幅畫是相當昂貴的。

意思 2

【立場】表示判斷的立場、觀點。

例文B

私からすれば、日本語の発音は決して難しくない。

對我而言，日語發音並不算難。

意思 3

【根據】表示判斷的基礎、根據。

例文C

症状からすると、手術が必要かもしれません。

從症狀判斷，或許必須開刀治療。

• によると、によれば

據…、據…說、根據…報導…

接續方法 {名詞} ＋によると、によれば

意思

【信息來源】 表示消息、信息的來源，或推測的依據。後面經常跟著表示傳聞的「そうだ」、「ということだ」之類詞。

例文 c

天気予報によると、明日は雨が降るそうです。

根據氣象報告，明天會下雨。

◆ 比較說明 ◆

「からすれば」表根據，表示判斷的依據，後項的判斷是根據前項的材料；「によれば」表信息來源，用在傳聞的句子中，表示消息、信息的來源，或推測的依據。有時可以與「によると」互換。

7 からみると、からみれば、からみて（も）
(1)根據…來看…的話；(2)從…來看、從…來說

接續方法 {名詞} ＋から見ると、から見れば、から見て（も）

意思1

【根據】表示判斷的依據、基礎。

例文A

今日の夜空から見ると、明日も天気がいいだろうな。

從今晚的天空看來，明日應該是好天氣。

意思2

【立場】表示判斷的立場、角度，也就是「從某一立場來判斷的話」之意。

例文B

外国人から見ると日本の習慣の中にはおかしいものもある。

在外國人的眼裡，日本的某些風俗習慣很奇特。

比較

● によると、によれば

據…、據…說、根據…報導…

接續方法 {名詞} ＋によると、によれば

意 思

【信息來源】表示消息、信息的來源，或推測的依據。後面經常跟著表示傳聞的「そうだ」、「ということだ」之類詞。

例文b

女性雑誌によれば、毎日1リットルの水を飲むと美容にいいそうだ。

據女性雜誌上說，每天喝一公升的水有助養顏美容。

「からみると」表立場，表示從前項客觀的材料（某一立場、觀點），來進行後項的判斷，而且一般這一判斷的根據是親眼看到，可以確認的。可以接在表示人物的名詞後面；「によると」表信息來源，表示前項是後項的消息、根據的來源。句末大多跟表示傳聞「そうだ／とのことだ」的表達形式相呼應。

🎧 Track 066

8 ことだから
(1)因為是…，所以…；(2)由於

接續方法 {名詞の} ＋ことだから

意思 1

【根據】 表示自己判斷的依據。主要接表示人物的詞後面，前項是根據説話雙方都熟知的人物的性格、行為習慣等，做出後項相應的判斷。

例文A

あの人のことだから、今もきっと元気に暮らしているでしょう。

憑他的本事，想必現在一定過得很好吧！

意思 2

【理由】 表示理由，由於前項狀況、事態，後項也做與其對應的行為。

今年は景気が悪かったことから、給料は上がらないことになった。

今年因為景氣很差，所以公司決定不加薪了。

比較

● ものだから

就是因為…，所以…

接續方法 {[名詞・形容動詞詞幹]な；[形容詞・動詞]普通形} ＋ものだから

意 思

【理由】表示原因、理由，相當於「から」、「ので」常用在因為事態的程度很厲害，因此做了某事。

例文 b

きつく叱ったものだから、娘はしくしくと泣き出した。

由於很嚴厲地斥責了女兒，使得她抽抽搭搭地哭了起來。

◆ 比較說明 ◆

「ことだから」表理由，表示根據前項的情況，從而做出後項相應的動作；「ものだから」也表理由，是把前項當理由，說明自己為什麼做了後項，常用在個人的辯解、解釋，把自己的行為正當化上。後句不用命令、意志等表達方式。

9 のうえでは
…上

接續方法 {名詞} ＋の上では

意思1

【根據】表示「在某方面上是…」。

例文A

計算の上では黒字なのに、なぜか現実は毎月赤字だ。
就帳目而言應有結餘，奇怪的是實際上每個月都是入不敷出。

比較

● **うえで(の)**
在…之後、…以後…、之後(再)…

接續方法 {名詞の；動詞た形} ＋上で(の)

意思

【前提】表示兩動作間時間上的先後關係。先進行前一動作，後面再根據前面的結果，採取下一個動作。

例文a

どんな治療をするのか、医師と相談した上で、決めます。
要進行什麼樣的治療，要和醫生商量之後再決定。

◆ 比較說明 ◆

「のうえでは」表根據，前面接數據、契約等相關詞語，表示「根據這一信息來看」的意思；「うえで」表前提，表示「首先，做好某事之後，再…」，表達在前項成立的基礎上，才會有後項，也就是「前項→後項」兩動作時間上的先後順序。

のうえでは【根據】

例文A

うえで【前提】

例文a

10 をもとに（して／した）
以…為根據、以…為參考、在…基礎上

接續方法 {名詞}＋をもとに（して／した）

意思1

【依據】 表示將某事物作為後項的依據、材料或基礎等，後項的行為、動作是根據或參考前項來進行的。

例文A

この映画は小説をもとにして作品化された。
這部電影是根據小說改編而成的作品。

補充

〖をもとにした＋N〗用「をもとにした」來後接名詞，或作述語來使用。

例文

お客様のアンケートをもとにしたメニューを作りましょう。
我們參考顧客的問卷填答內容來設計菜單吧！

比較

● にもとづいて、にもとづき、にもとづく、にもとづいた
根據…、按照…、基於…

接續方法 {名詞} ＋に基づいて、に基づき、に基づく、に基づいた

意 思

【依據】 表示以某事物為根據或基礎。相當於「をもとにして」。

例文 a

違反者は法律に基づいて処罰されます。

違者依法究辦。

◆ 比較說明 ◆

「をもとにして」表依據，表示以前項為依據，離開前項來自行發展後項的動作；「にもとづいて」也表依據，表示依據前項，在不離前項的原則下，進行後項的動作。

をもとにして【依據】
例文 A

にもとづいて【依據】
例文 a

🎧 Track 069

11 をたよりに、をたよりとして、をたよりにして
靠著…、憑藉…

接續方法 {名詞} ＋を頼りに、を頼りとして、を頼りにして

意思1

【依據】 表示藉由某人事物的幫助，或是以某事物為依據，進行後面的動作。

例文 A

目が見えない彼女は、頭のいい犬を頼りにして生活している。

眼睛看不見的她仰賴一隻聰明的導盲犬過著如同常人的生活。

● によって(は)、により

因為…

接續方法 {名詞} +によって(は)、により

意 思

【依據】表示事態所依據的方法、方式、手段。

例文 a

さん か しゃ にんずう かいさい き
参加者の人数によって、開催するかしないかを決める。

根據參加人數的多寡,決定是否舉辦。

◆ 比較說明 ◆

「をたよりに」表依據,表藉由某人事物的幫助,或是以某事物為
依據,進行後面的動作;「によって」也表依據,表示所依據的狀
況不同,也表示所依據的方法、方式、手段。

をたよりに【依據】
例文 A

によって【依據】
例文 a

🎧 Track 070

12 にそって、にそい、にそう、にそった
(1)按照…;(2)沿著…、順著…

接續方法 {名詞} +に沿って、に沿い、に沿う、に沿った

意思1

【順著】接在河川或道路等長長延續的東西後,表示沿著河流、街
道。

道に沿って、桜並木が続いている。

櫻樹夾道，綿延不絕。

意思2

【基準】表示按照某程序、方針，也就是前項提出一個基準性的想法或計畫，表示為了不違背、為了符合的意思。

例文B

私の希望に沿ったバイト先がなかなか見つからない。

遲遲沒能找到與我的條件吻合的兼職工作。

比較

● をめぐって（は）、をめぐる

圍繞著⋯、環繞著⋯

接續方法 {名詞}＋をめぐって、をめぐる

意思

【對象】表示後項的行為動作，是針對前項的某一事情、問題進行的。

例文b

この宝石をめぐっては、手に入れた人は不幸になるという伝説がある。

關於這顆寶石，傳說只要得到的人，就會招致不幸。

◆ 比較說明 ◆

「にそって」表基準，多接在表期待、希望、方針、使用説明等語詞後面，表示按此行動；「をめぐって」表對象，多接在規定、條件、問題、焦點等詞後面，表示圍繞前項發生了各種討論、爭議、對立等。後項大多用意見對立、各種議論、爭議等動詞。

にそって【基準】

例文 B

安心アルバイト情報！

をめぐって【對象】

例文 b

13 にしたがって、にしたがい
(1)依照…、按照…、隨著…；(2)隨著…，逐漸…

接續方法 {名詞；動詞辭書形} ＋にしたがって、にしたがい

意思 1

【基準】前面接表示人、規則、指示、根據、基準等的名詞，表示按照、依照的意思。後項一般是陳述對方的指示、忠告或自己的意志。

例文 A

上司の指示にしたがい、計画書を変更してください。
請遵照主管的指示更改計畫書。

意思 2

【跟隨】表示跟前項的變化相呼應，而發生後項。

例文 B

日本の生活に慣れるにしたがって、日本の習慣がわかるようになった。
在逐漸適應日本的生活後，也愈來愈了解日本的風俗習慣了。

比較

● ば〜ほど
越…越…

接續方法 {名詞；形容動詞詞幹な；[形容詞・動詞]辭書形} ＋ほど

【平行】同一單詞重複使用，表示隨著前項事物的變化，後項也隨之相應地發生變化。

例文 b

話せば話すほど、お互いを理解できる。
雙方越聊越能理解彼此。

◆ 比較說明 ◆

「にしたがって」表跟隨，表示隨著前項的動作或作用，而產生變化；「ほど」表平行，表示隨著前項程度的提高，後項的程度也跟著提高。是「ば～ほど」的省略「ば」的形式。

にしたがって【跟隨】
例文B
いただきます

ほど【平行】
例文 b

7

実力テスト
做對了，往😊走，做錯了往✖走。

次の文の＿＿＿にはどんな言葉を入れたらよいか。1・2 から最も適当なものをひとつ選びなさい。

實力測驗
Q 哪一個是正確的？

1
彼女は、厳しい父母（　　）育った。

1. をもとに　　2. のもとで

譯
1. をもとに：以…為依據
2. のもとで：在…之下

2
彼は、アクセント（　　）、東北出身だろう。

1. からといって　　2. からして

譯
1. からといって：雖說…可是…
2. からして：從…來看…

3
あの人の成績（　　）、大学合格はとても無理だろう。

1. によれば　　2. からすれば

譯
1. によれば：據…
2. からすれば：從…來看

4
営業の成績（　　）、彼はとても優秀なセールスマンだ。

1. から見ると　　2. によると

譯
1. から見ると：從…來看…
2. によると：根據…

5
数字（　　）同じ1敗だが、同じ負けでも内容は大きく異なる。

1. の上で　　2. の上では

譯
1. の上で：在…之後
2. の上では：…上

6
説明書の手順（　　）、操作する。

1. に沿って　　2. をめぐって

譯
1. に沿って：按照…
2. をめぐって：圍繞著…

答案：（1）2（2）2（3）2
　　　（4）1（5）2（6）1

Chapter

8

★★★★★

意志、義務、禁止、強制

1 か〜まいか
2 まい
3 まま (に)
4 うではないか、ようではないか
5 ぬく
6 うえは
7 ねばならない、ねばならぬ

8 てはならない
9 べきではない
10 ざるをえない
11 ずにはいられない
12 て(は)いられない、てられない、てらんない
13 てばかりはいられない、てばかりもいられない
14 ないではいられない

🎧 **Track 072**

1 か〜まいか
要不要…、還是…

接續方法 {動詞意向形} ＋か＋ {動詞辭書形；動詞ます形} ＋まいか

意思1

【意志】表示説話者在迷惘是否要做某件事情，後面可以接「悩む」、「迷う」等動詞。

例文A

ダイエット中なので、このケーキを食べようか食べまいか悩んでいます。

由於正在減重期間，所以在煩惱該不該吃下這塊蛋糕。

比較

● **であろうとなかろうと**

不管是不是…

接續方法 {名詞・形容動詞詞} ＋であろうとなかろうと

意思

【無關】表示不管前項是什麼情況，後項的事態都還是一樣。

例文a

勉強が好きであろうとなかろうと、学生は勉強しなければならない。

不管是否對讀書感興趣，學生都得學習。

「か～まいか」表意志，表示說話人很困惑，不知道是否該做某事，或正在思考哪個比較好；「であろうとなかろうと」表無關，表示不管前項是這樣，還是不是這樣，後項總之都一樣。

か～まいか【意志】	であろうとなかろうと【無關】
例文A 	例文a 

🎧 **Track 073**

2 まい
(1)不是…嗎；(2)不會…吧；(3)不打算…

接續方法 {動詞辭書形}＋まい

意思1

【推測疑問】用「まいか」表示說話人的推測疑問。

例文A

かのじょ わたし けっこん まよ
彼女は私との結婚を迷っているのではあるまいか。

莫非她還在猶豫該不該和我結婚吧？

意思2

【推測】表示說話人推測、想像。

例文B

がつ ゆき ふ
もう４月なので、雪は降るまい。

現在都四月了，大概不會再下雪了。

意思3

【意志】表示說話人不做某事的意志或決心，是一種強烈的否定意志。主語一定是第一人稱。書面語。

彼とは二度と会うまいと、心に決めた。

我已經下定決心，絕不再和他見面了。

比較

● ものか

哪能…、怎麼會…呢、決不…、才不…呢

接續方法 {形容動詞詞幹な；[形容詞・動詞]辭書形}＋ものか

意思

【強調否定】句尾聲調下降。表示強烈的否定情緒，指說話人絕不做某事的決心，或是強烈否定對方的意見。

例文 c

彼の味方になんか、なるものか。

我才不跟他一個鼻子出氣呢！

◆ 比較說明 ◆

「まい」表意志，表示說話人強烈的否定意志；「ものか」表強調否定，表示說話者帶著感情色彩，強烈的否定語氣，為反詰的追問、責問的用法。

まい【意志】 例文C

ものか【強調否定】 例文c

3 まま（に）

(1)隨意、隨心所欲；(2)任人擺佈、唯命是從

接續方法 {動詞辭書形；動詞被動形}＋まま（に）

意思 1

【隨意】表示順其自然、隨心所欲的樣子。

例文 A

思いつくまま、詩を書いてみた。

嘗試將心頭浮現的意象寫成了一首詩。

意思 2

【意志】表示沒有自己的主觀判斷，被動的任憑他人擺佈的樣子。後項大多是消極的內容。一般用「られるまま（に）」的形式。

例文 B

彼は社長に命令されるままに、土日も出勤している。

他遵循總經理的命令，週六日照樣上班。

比較

● なり

任憑…、順著

接續方法 {名詞}＋なり

意 思

【意志】表示沒有自己的主見，在某條件下，聽從擺佈，唯命是從。

例文 b

男の人は結婚すると、嫁の言いなりになる。

男人結婚之後，對老婆大多是言聽計從的。

「まま（に）」表意志，表示處在被動的立場，自己沒有主觀的判斷。後項多是消極的表現方式；「なり」也表意志，表示不違背、順從前項的意思。

まま（に）【意志】

例文B

なり【意志】

例文b

🎧 Track 075

4　うではないか、ようではないか
讓…吧、我們（一起）…吧

接續方法 {動詞意向形} ＋うではないか、ようではないか

意思1

【意志】表示在眾人面前，強烈的提出自己的論點或主張，或號召對方跟自己共同做某事，或是一種委婉的命令，常用在演講上。是稍微拘泥於形式的說法，一般為男性使用，通常用在邀請一個人或少數人的時候。

例文A

問題を解決するために、話し合おうではありませんか。
為解決這個問題，我們來談一談吧！

補充

〖口語－うじゃないか等〗口語常說成「うじゃないか、ようじゃないか」。

例文

誰もやらないのなら、私がやろうじゃないか。
如果沒有人願意做，那就交給我來吧！

● ませんか
要不要…呢

接續方法 {動詞ます形} ＋ませんか

意思

【勸誘】表示行為、動作是否要做，在尊敬對方抉擇的情況下，有禮貌地勸誘對方，跟自己一起做某事。

例文 a

週末、遊園地へ行きませんか。
週末要不要一起去遊樂園玩？

◆ 比較說明 ◆

「うではないか」表意志，是以堅定的語氣（讓對方沒有拒絕的餘地），帶頭提議對方跟自己一起做某事的意思；「ませんか」表勸誘，是有禮貌地（為對方設想的），邀請對方跟自己一起做某事。一般用在對個人或少數人的勸誘上。不跟疑問詞「か」一起使用。

うではないか【意志】
例文 A

ませんか【勸誘】
例文 a

5 ぬく
(1)穿越、超越；(2)…做到底

接續方法 {動詞ます形} ＋抜く

意思1

【穿越】表示超過、穿越的意思。

例文A

小さい部屋がたくさんあり、使いにくいので、壁をぶち抜いて大広間にした。

室內隔成好幾個小房間不方便使用，於是把隔間牆打掉，合併成為一個大客廳。

意思2

【行為意圖】表示把必須做的事，最後徹底做到最後，含有經過痛苦而完成的意思。

例文B

遠泳大会で5キロを泳ぎ抜いた。

在長泳大賽中游完了五公里的賽程。

比較

● きる、きれる、きれない
…完、完全、到極限

接續方法 {動詞ます形} ＋切る、切れる、切れない

意思

【完了】表示行為、動作做到完結、竭盡、堅持到最後，或是程度達到極限，相當於「終わりまで〜する」。

例文b

いつの間にか、お金を使いきってしまった。

不知不覺，錢就花光了。

「ぬく」表行為意圖，表示跨越重重困難，堅持一件事到底；「きる」表完了，表示沒有殘留部分，完全徹底執行某事的樣子。過程中沒有含痛苦跟困難。而「ぬく」表示即使困難，也要努力從困境走出來的意思。

🎧 Track 077

6 うえは
既然…、既然…就…

接續方法 {動詞普通形} ＋上は

意思1

【決心】前接表示某種決心、責任等行為的詞，後續表示必須採取跟前面相對應的動作。後句是說話人的判斷、決定或勸告。有接續助詞作用。

例文A

契約書にサインをした上は、規則を守っていただきます。

既然簽了合約，就請依照相關條文執行。

比較

● うえ（に）
…而且…、不僅…，而且…、在…之上，又…

接續方法 {名詞の；形容動詞詞幹な；[形容詞・動詞] 普通形} ＋上（に）

【附加】表示追加、補充同類的內容。在本來就有的某種情況之外，另外還有比前面更甚的情況。

例文 a

主婦は、家事の上に育児もしなければなりません。

家庭主婦不僅要做家事，而且還要帶孩子。

◆ 比較說明 ◆

「うえは」表決心，含有「由於遇到某種立場跟狀況，所以當然要有後項被逼迫或不得已等舉動」之意；「うえに」表附加，表示追加、補充同類的內容，先舉一個事例之後，再進一步舉出另一個事例。

うえは【決心】　　　　　　　　例文 A

うえに【附加】　　　　例文 a

🎧 Track 078

7　ねばならない、ねばならぬ
必須…、不能不…

接續方法 {動詞否定形} ＋ねばならない、ねばならぬ

意思1

【義務】表示有責任或義務應該要做某件事情，大多用在隨著社會道德或責任感的場合。

例文 A

あなたの態度は誤解をされやすいので、改めねばならないよ。

你的態度容易造成別人誤會，要改過來才行喔！

〖**文言**〗「ねばならぬ」的語感比起「ねばならない」較為生硬、文言。

例　文

人間は働かねばならぬ。
<ruby>人間<rt>にんげん</rt></ruby>は<ruby>働<rt>はたら</rt></ruby>かねばならぬ。

人活著就得工作。

比較

● ざるをえない

不得不…、只好…、被迫…

接續方法 {動詞否定形（去ない）} ＋ざるを得ない

意　思

【強制】「ざる」是「ず」的活用形。「得ない」是「得る」的否定形。表示除此之外，沒有其他的選擇。有時也表示迫於某壓力或情況，而違背良心地做某事。

例文 a

<ruby>上司<rt>じょうし</rt></ruby>の<ruby>命令<rt>めいれい</rt></ruby>だから、やらざるを<ruby>得<rt>え</rt></ruby>ない。

既然是上司的命令，也就不得不遵從了。

◆ 比較說明 ◆

「ねばならない」表義務，表是從社會常識和事情的性質來看，有必要做或有義務要做。是「なければならない」的書面語；「ざるをえない」表強制，表示除此之外沒有其他的選擇，含有說話人不願意的感情。

ねばならない【義務】
例文A

ざるをえない【強制】
例文a

8 てはならない
不能…、不要…、不許、不應該

接續方法 {動詞て形} ＋はならない

意思1

【禁止】 為禁止用法。表示有義務或責任，不可以去做某件事情。對象一般非特定的個人，而是作為組織或社會的規則，人們不許或不應該做什麼。敬體用「てはならないです」、「てはなりません」。

例文A

今聞いたことを誰にも話してはなりません。

剛剛聽到的事絕不許告訴任何人！

比較

● **ことはない**
不是…、不必…

接續方法 {動詞 {動詞辞書形} ＋ものではない} ＋ことはない

意思

【不必要】 表示對別人的勸告或鼓勵，沒有必要做某事。用於否定的強調。

例文a

失恋したからってそう落ち込むな。この世の終わりということはない。

只不過是區區失戀，別那麼沮喪啦！又不是世界末日來了。

◆ 比較說明 ◆

「てはならない」表禁止，表示某行為是不被允許的，或是被某規定所禁止的，和「てはいけない」意思一樣；「ことはない」表不必要，表示說話人勸告、建議對方沒有必要做某事，或不必擔心等。

てはならない【禁止】

例文 A

SHHH...

ことはない【不必要】

例文 a

9 べきではない
不應該…

接續方法 {動詞辭書形} ＋べきではない

意思 1

【忠告】如果動詞是「する」，可以用「すべきではない」或是「するべきではない」。表示忠告，從某種規範（如道德、常識、社會公共理念）來看做或不做某事是人的義務。含有忠告、勸說的意味。

例文 A

お金の貸し借りは絶対にするべきではない。

絕對不可以與他人有金錢上的借貸。

比較

● ものではない
不應該…

接續方法 {動詞辞書形} ＋ものではない

意思

【忠告】對前項不符常識的行為表示不應該那樣做而加以勸阻。一般用在對別人勸告的場合。

例文 a

食べ物を残すものではない。

食物不可以沒有吃完。

◆ 比較説明 ◆

「べきではない」表忠告，表示説話人提出意見跟想法，認為不能做某事。強調説話人個人的意見跟價值觀；「ものではない」也表忠告，表示説話人出於社會上道德或常識的一般論，而給予忠告。強調不是説話人個人的看法。

10 ざるをえない
不得不…、只好…、被迫…、不…也不行

接續方法 {動詞否定形（去ない）} ＋ざるを得ない

意思 1

【強制】「ざる」是「ず」的連體形。「得ない」是「得る」的否定形。表示除此之外，沒有其他的選擇。有時也表示迫於某壓力或情況，而違背良心地做某事。

例文 A

消費税が上がったら、うちの商品の値段も上げざるを得ない。

假如消費稅提高，本店的商品價格也得被迫調漲。

補 充

〖サ變動詞－せざるを得ない〗前接サ行變格動詞要用「せざるを得ない」。（但也有例外，譬如前接「愛する」，要用「愛さざるを得ない」）。

家族が病気になったら、帰国せざるを得ない。

萬一家人生病的話，也只好回國了。

● ずにはいられない

不得不…、不由得…、禁不住…

接續方法 {動詞否定形（去ない）} ＋ずにはいられない

意 思

【強制】表示自己的意志無法克制，情不自禁地做某事，為書面用語。

例文 a

素晴らしい風景を見ると、写真を撮らずにはいられません。

一看到美麗的風景，就禁不住想拍照。

◆ 比較說明 ◆

「ざるをえない」表強制，表示因某種原因，說話人雖然不想這樣，但無可奈何去做某事，是非自願的行為；「ずにはいられない」也表強制，但表示靠自己的意志是控制不住的，帶有一種情不自禁地做某事之意。

11 ずにはいられない
不得不…、不由得…、禁不住…

接續方法 {動詞否定形（去ない）} ＋ずにはいられない

意思1

【強制】表示自己的意志無法克制，情不自禁地做某事，為書面用語。

例文A

あの映画を見たら、誰でも泣かずにはいられません。

看了那部電影，沒有一個觀眾能夠忍住淚水的。

補充1

〖反詰語氣去は〗用於反詰語氣（以問句形式表示肯定或否定），不能插入「は」。

例文

また増税するなんて。政府の方針に疑問を抱かずにいられるか。

居然又要加稅了！政府的施政方針實在不得不令人質疑。

補充2

〖自然而然〗表示動作行為者無法控制所呈現自然產生的情感或反應等。

例文

おかしくて、笑わずにはいられない。

真的太滑稽了，讓人不禁捧腹大笑。

比較

● より（ほか）ない、ほか（しかたが）ない

只有…、除了…之外沒有…

接續方法 {名詞；動詞辭書形} ＋より（ほか）ない；{動詞辭書形}＋ほか（しかたが）ない。

【讓步】後面伴隨著否定，表示這是唯一解決問題的辦法，相當於「ほかない」、「ほかはない」，另外還有「よりほかにない」、「よりほかはない」的説法。

例文 a

もう時間（じかん）がない。こうなったら一生懸命（いっしょうけんめい）やるよりほかない。

時間已經來不及了，事到如今，只能拚命去做了。

◆ 比較說明 ◆

「ずにはいられない」表強制，表示自己無法克制，情不自禁地做某事之意；「よりほかない」表讓步，表示問題處於某種狀態，只有一種辦法，沒有其他解決的方法，有雖然要積極地面對這樣的狀態，但情緒是無奈的。

ずにはいられない【強制】
例文 A

よりほかない【讓步】
例文 a

🎧 Track 083

12 て（は）いられない、てられない、てらんない
不能再…、哪還能…

接續方法 {動詞て形} ＋ （は）いられない、られない、らんない

意思 1

【強制】表示無法維持某個狀態，或急著想做某事，含有緊迫感跟危機感。意思跟「している場合ではない」一樣。

外は立っていられないほどの強風が吹いている。

門外，幾乎無法站直身軀的強風不停呼嘯。

補充1

〔口語－てられない〕「てられない」為口語説法，是由「ていられない」中的「い」脱落而來的。

例 文

暑いのでコートなんか着てられない。

氣溫高得根本穿不住外套。

補充2

〔口語－てらんない〕「てらんない」則是語氣更隨便的口語説法。

例 文

さあ今日から仕事だ。いつまでも寝てらんない。

快起來，今天開始上班了，別再睡懶覺啦！

比較

● て (で) たまらない

非常…、…得受不了

接續方法 {[形容詞・動詞]て形} ＋たまらない；{形容動詞詞幹} ＋でたまらない

意 思

【感情】指説話人處於難以抑制，不能忍受的狀態，前接表達感覺、感情的詞，表示説話人強烈的感情、感覺、慾望等，相當於「てしかたがない、非常に」。

例文 a

N2に合格して、嬉しくてたまらない。

通過N2級測驗，簡直欣喜若狂。

◆ 比較說明 ◆

「ていられない」表強制，表迫於某種緊急的情況，致使心情上無法控制，而不能保持原來的某狀態，或急著做某事；「てたまらない」表感情，表示某種感情已經到了無法忍受的地步。這種感情或感覺是當下的。

ていられない【強制】
例文 A

てたまらない【感情】
例文 a

N2
合格

🎧 Track 084

13 てばかりはいられない、てばかりもいられない
不能一直…、不能老是…

接續方法 {動詞て形}＋ばかりはいられない、ばかりもいられない

意思 1

【強制】表示不可以過度、持續性地、經常性地做某件事情。表示因對現狀感到不安、不滿、不能大意，而想做改變。

例文 A

りょうり にがて まいにちがいしょく
料理は苦手だけど、毎日外食してばかりもいられない。

儘管廚藝不佳，也不能老是在外面吃飯。

補 充

〔接感情、態度〕常與表示感情或態度的「笑う、泣く、喜ぶ、嘆く、安心する」等詞一起使用。

例 文

しゅじん な げつ こんご せいかつ かんが な
主人が亡くなって１か月。今後の生活を考えると泣いてばかりはいられない。

先生過世一個月了。我不能老是以淚洗面，得為往後的日子做打算了。

とばかりはいえない

不能全説…

接續方法 {形容詞・形容動詞}＋とばかりはいえない

意思

【部分肯定】 表示在某狀況下，不能一概認定都是如此，也例外的時候。語含「不能完全肯定地説、不能一概地説、不能籠統地説」之意。

例文 a

マイナス思考そのものが悪いとばかりは言えない。

負面思考不能説一概都不好。

◆ 比較説明 ◆

「てばかりはいられない」表強制，表示説話人對現狀的不安、不滿，而想要做出改變；「とばかりはいえない」表部分肯定，表示一般都認為是前項，但説話人認為不能完全肯定都是某狀況，也有例外或另一側面的時候。

14 ないではいられない
不能不…、忍不住要…、不禁要…、不…不行、不由自主地…

接續方法 {動詞否定形} ＋ないではいられない

意思1

【強制】表示意志力無法控制，自然而然地內心衝動想做某事。傾向於口語用法。

例文A

お酒を1週間やめたが、結局飲まないではいられなくなった。

雖然已經戒酒一個星期了，結果還是禁不住破了戒。

補 充

〖第三人稱－らしい〗此句型用在說話人表達自己的心情或身體感覺時，如果用在第三人稱，句尾就必須加上「らしい、ようだ、のだ」等詞。

例 文

鈴木さんはあの曲を聞くと、昔の恋人を思い出さないではいられないらしい。

鈴木小姐一聽到那首曲子，不禁就想起前男友。

比較

● ざるをえない
不得不…、只好…、被迫…

接續方法 {動詞否定形（去ない）} ＋ざるを得ない

意 思

【強制】「ざる」是「ず」的活用形。「得ない」是「得る」的否定形。表示除此之外，沒有其他的選擇。有時也表示迫於某壓力或情況，而違背良心地做某事。

不景気でリストラを実施せざるを得ない。

由於不景氣，公司不得不裁員。

◆ 比較說明 ◆

「ないではいられない」表強制，帶有一種忍不住想去做某件事的情緒或衝動；「ざるをえない」也表強制，但表示不得不去做某件事，是深思熟慮後的行為。

ないではいられない【強制】

例文 A

ざるをえない【強制】

例文 a

リストラ

実力テスト
做對了，往😊走，做錯了往❌走。

次の文の_____にはどんな言葉を入れたらよいか。1・2から最も適当なものをひとつ選びなさい。

實力測驗
Q 哪一個是正確的？

1 今年の冬は、あまり雪は降る
（　　）。
1. まい　　　　2. ものか

譯
1. まい：不會…
2. ものか：才不要…

2 せっかくここまで頑張ったのだから、最後まで（　　）。
1. やるかのようだ
2. やろうではないか

譯
1. やるかのようだ：似乎做…
2. やろうではないか：讓…做吧

3 大損になってしまった。こうなった（　　）首も覚悟している。
1. 上は　　　　2. 上に

譯
1. 上は：既然…
2. 上に：不僅…，而且…

4 天気が悪いので、今日の山登りは中止にせ（　　）。
1. ずにはいられない
2. ざるを得ない

譯
1. ずにはいられない：禁不住…
2. ざるを得ない：只好…

5 こんな嫌なことがあった日は、酒でも飲ま（　　）。
1. ずにはいられない
2. よりほかない

譯
1. ずにはいられない：禁不住…
2. よりほかない：只有…

6 あまりに痛かったので、叫ば
（　　）。
1. ざるをえなかった
2. ないではいられなかった

譯
1. ざるをえなかった：只得…
2. ないではいられなかった：
忍不住要…

答案：（1）1 （2）2 （3）1
（4）2 （5）1 （6）1

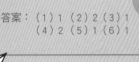

推論、予測、可能、困難

1 のももっともだ、のはもっともだ
2 にそういない
3 つつ（も）
4 とおもうと、とおもったら
5 くせして
6 かねない

7 そうにない、そうもない
8 っこない
9 うる、える、えない
10 がたい
11 かねる

★★★★★

🎧 Track 086

1 のももっともだ、のはもっともだ
也是應該的、也不是沒有道理的

接續方法 {形容動詞詞幹な；[形容詞・動詞]普通形} ＋のももっともだ、のはもっともだ

意思1

【推論】表示依照前述的事情，可以合理地推論出後面的結果，所以這個結果是令人信服的。

例文A

子供たちが面白くて親切な佐藤先生を好きになるのは、もっともだと思う。

親切又風趣的佐藤老師會受到學童們的喜歡，是再自然不過的事。

比較

● べき、べきだ
必須…、應當…

接續方法 {動詞辭書形} ＋べき、べきだ

意思

【勸告】表示那樣做是應該的、正確的。常用在勸告、禁止及命令的場合。是一種比較客觀或原則的判斷，書面跟口語雙方都可以用，相當於「～するのが当然だ」。

例文a

人間はみな平等であるべきだ。

人人應該平等。

「のももっともだ」表推論，表示依照前述的事情，可以合理地推論出令人信服的結果；「べきだ」表勸告，表示説話人向他人勸説，做某事是一種必要的義務。

のももっともだ【推論】	べき【勸告】
例文 A	例文 a

🎧 Track 087

2 にそういない
一定是…、肯定是…

接續方法 {名詞；形容動詞詞幹；[形容詞・動詞]普通形} ＋に相違ない

意思1

【推測】表示説話人根據經驗或直覺，做出非常肯定的判斷。跟「だろう」相比，確定的程度更強。跟「に違いない」意思相同，只是「に相違ない」比較書面語。

例文A

彼の表情からみると、嘘をついているに相違ない。
從他的表情判斷，一定是在說謊！

比較

● にほかならない
完全是…、不外乎是…、其實是…、無非是…

接續方法 {名詞} ＋にほかならない

【主張】表示斷定的說事情發生的理由、原因,是對事物的原因、結果的肯定語氣,亦即「それ以外のなにものでもない」(不是別的,就是這個)的意思。

例文 a

肌がきれいになったのは、化粧品の美容効果にほかならない。

肌膚會這麼漂亮,其實是因為化妝品的美容效果。

◆ 比較說明 ◆

「にそういない」表推測,表示說話者自己冷靜、理性的推測,且語氣強烈。是確信度很高的判斷、推測;「にほかならない」表主張,帶有「絕對不是別的,而正是這個」的語氣,強調「除此之外,沒有別的」,多用於對事物的原因、結果的斷定。

にそういない【推測】

例文A

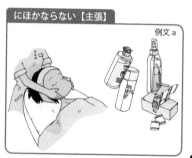

にほかならない【主張】

例文a

🎧 Track 088

3 つつ(も)
儘管…、雖然…

接續方法 {動詞ます形} +つつ(も)

意思1

【反預料】表示逆接,用於連接兩個相反的事物,大多用在說話人後悔、告白的場合。

例文A

悪いと知りつつも、カンニングをしてしまった。

明知道這樣做是不對的，還是忍不住作弊了。

意思2

【同時】表示同一主體，在進行某一動作的同時，也進行另一個動作，這時只用「つつ」，不用「つつも」。

例文B

昨晩友人と酒を飲みつつ、夢について語り合った。

昨晚和朋友一面舉杯對酌，一面暢談抱負。

比較

● とともに

與…同時，也…

接続方法 {名詞；動詞辭書形} ＋とともに

意思

【同時】表示後項的動作或變化，跟著前項同時進行或發生，相當於「と一緒に」、「と同時に」。

例文b

雷の音とともに、大粒の雨が降ってきた。

隨著打雷聲，落下了豆大的雨滴。

◆ 比較說明 ◆

「つつ」表同時，表示兩種動作同時進行，也就是前項的主要動作進行的同時，還進行後項動作。只能接動詞ます形，不能接在名詞和形容詞後面；「とともに」也表同時，但是接在表示動作、變化的動詞原形或名詞後面，表示前項跟後項同時發生。

つつ【同時】

例文B

ゆめ
夢

とともに【同時】

例文b

4 とおもうと、とおもったら

(1)覺得是…結果果然…；(2)原以為…，誰知是…

接續方法 {動詞た形}＋と思うと、と思ったら；{名詞の；動詞普通形；引用文句}＋と思うと、と思ったら

意思 1

【符合預料】表示本來預料會有某種情況，而結果與本來預料是一致的，這時只能使用「とおもったら」。

例文 A

英語が上手だなと思ったら、王さんはやはりアメリカ生まれだった。

我暗自佩服王小姐的英文真流利，後來得知她果然是在美國出生的！

意思 2

【反預料】表示本來預料會有某種情況，下文的結果是出乎意外地出現了相反的結果。

例文 B

会社へ行っていると思っていたら、夫はずっと仕事を探していたらしい。

本來以為先生天天出門上班，沒想到他似乎一直在找工作。

比較

● とおもいきや
本以為…卻

接續方法

意 思

【反預料】表示以為是前項，沒想到是後項相反的結果。說話人含有吃驚、意外、錯愕或灰心等心情。

例文 b

今日は残業になると<ruby>思<rt>おも</rt></ruby>いきや、<ruby>意外<rt>いがい</rt></ruby>に<ruby>早<rt>はや</rt></ruby>く<ruby>仕事<rt>しごと</rt></ruby>が<ruby>終<rt>お</rt></ruby>わった。

本以為今天會加班，結果出乎意料地工作竟早早就結束了。

◆ 比較說明 ◆

「とおもうと」表反預料，表示本來預料會有某情況，卻發生了後項相反的結果；「とおもいきや」也表反預料，表示按照一般情況推測應該是前項，但結果卻意外的發生了後項。後項是對前項的否定。

🎧 Track 090

5 くせして
只不過是…、明明只是…、卻…

接續方法 {名詞の；形容動詞詞幹な；[形容詞・動詞]普通形} ＋くせして

【不符意料】表示逆接。表示後項出現了從前項無法預測到的結果，或是不與前項身分相符的事態。帶有輕蔑、嘲諷的語氣。也用在開玩笑時。相當於「くせに」。

例文 A

彼は歌が下手なくせして、いつもカラオケに行きたがる。

他歌喉那麼糟，卻三天兩頭就往卡拉OK店跑。

比較

● のに

明明…卻…

接續方法 {動詞辭書形}＋のに；{名詞}＋に

意思

【不符意料】表示先陳述前項這一事項，再說明與預料相反的後項。含有意外、不滿等語氣。

例文 a

彼女が求めたのに、彼は与えなかった。

她要求了，但他沒有給。

◆ 比較說明 ◆

「くせして」表不符意料，表示前項與後項不符合。句中的前後項必須是同一主體；「のに」也表不符意料，但句中的前後項也可能不是同一主體。

くせして【不符意料】

例文 A

のに【不符意料】

例文 a

6 かねない
很可能…、也許會…、說不定將會…

接續方法 {動詞ます形} ＋かねない

意思1

【可能】「かねない」是接尾詞「かねる」的否定形。表示有這種可能性或危險性。有時用在主體道德意識薄弱，或自我克制能力差等原因，而有可能做出異於常人的某種事情，一般用在負面的評價。含有說話人擔心、不安跟警戒的心情。

例文A

いんしゅうんてん じ こ
飲酒運転は、事故につながりかねない。

酒駕很可能會造成車禍。

比較

● かねる
難以…、不能…、不便…

接續方法 {動詞ます形} ＋かねる

意思

【困難】表示由於心理上的排斥感等主觀原因，或是道義上的責任等客觀原因，而難以做到某事。

例文a

あん さんせい
その案には、賛成しかねます。

那個案子我無法贊成。

◆ 比較說明 ◆

「かねない」表可能，表示有可能出現不希望發生的某種事態，只能用在說話人對某事物的負面評價；「かねる」表困難，表示說話人由於主觀的心理排斥因素，或客觀道義等因素，即使想做某事，也不能或難以做到某事。

かねない【可能】 例文A

かねる【困難】 例文a

7 そうにない、そうもない
不可能…、根本不會…

接續方法 {動詞ます形;動詞可能形詞幹} +そうにない、そうもない

意思 1

【可能性】 表示説話者判斷某件事情發生的機率很低,可能性極小,或是沒有發生的跡象。

例文A

仕事<ruby>事<rt>しごと</rt></ruby>はまだまだ残<ruby><rt>のこ</rt></ruby>っている。今日中<ruby><rt>きょうじゅう</rt></ruby>に終<ruby><rt>お</rt></ruby>わりそうもない。

還剩下好多工作,看來今天是做不完了。

比較

● わけにはいかない、わけにもいかない
不能…、不可…

接續方法 {動詞辭書形;動詞ている} +わけにはいかない、わけにもいかない

意 思

【不能】 表示由於一般常識、社會道德或過去經驗等約束,那樣做是行不通的,相當於「することはできない」。

例文 a

友情を裏切るわけにはいかない。

友情是不能背叛的。

◆ 比較説明 ◆

「そうにない」表可能性，前接動詞ます形，表示可能性極低；
「わけにはいかない」表不能，表示出於道德、責任、人情等各種
原因，不能去做某事。

そうにない【可能性】
例文A

わけにはいかない【不能】
例文 a

🎧 Track 093

8 っこない
不可能…、決不…

接続方法 {動詞ます形} ＋っこない

意思1

【可能性】表示強烈否定，某事發生的可能性。表示說話人的判
斷。一般用於口語，用在關係比較親近的人之間。

例文A

今の私の実力では、試験に受かりっこない。

以我目前的實力，根本無法通過測驗！

補充

〖なんて〜っこない〗常與「なんか、なんて」、「こんな、そん
な、あんな（に）」前後呼應使用。

<ruby>家賃<rt>やちん</rt></ruby><ruby>20万円<rt>まんえん</rt></ruby>なんて、そんなに<ruby>払<rt>はら</rt></ruby>えっこない。

高達二十萬圓的房租，我怎麼付得起呢？

比較

● かねない

很可能…、也許會…、說不定將會…

接續方法 {動詞ます形} ＋かねない

意 思

【可能】「かねない」是接尾詞「かねる」的否定形。表示有這種可能性或危險性。有時用在主體道德意識薄弱，或自我克制能力差等原因，而有可能做出異於常人的某種事情，一般用在負面的評價。

例文 a

あいつなら、そんなでたらめも<ruby>言<rt>い</rt></ruby>いかねない。

那傢伙的話就很可能會信口胡說。

◆ 比較說明 ◆

「っこない」表可能性，接在動詞連用形後面，表示強烈的否定某事發生的可能性，是說話人主觀的判斷。大多使用可能的表現方式；「かねない」表可能，表示所提到的事物的狀態、性質等，可能導致不好的結果，含有說話人的擔心、不安和警戒的心情。

9 うる、える、えない
(1)可能、能、會;(2)難以…

接續方法 {動詞ます形}＋得る、得る、得ない

意思 1

【可能性】表示可以採取這一動作,有發生這種事情的可能性,有接尾詞的作用,接在表示無意志的自動詞,如「ある、できる、わかる」表示「有…的可能」。用在可能性,不用在能力上的有無。

例文A

30年以内に大地震が起こり得る。

在三十年之內恐將發生大地震。

意思 2

【不可能】如果是否定形(只有「えない」,沒有「うない」),就表示不能採取這一動作,沒有發生這種事情的可能性。

例文B

あんなにいい人が人を殺すなんて、あり得ない。

那麼好的人居然犯下凶殺案,實在難以想像!

比較

● かねる

難以…、不能…、不便…

接續方法 {動詞ます形}＋かねる

意思

【困難】表示由於心理上的排斥感等主觀原因,或是道義上的責任等客觀原因,而難以做到某事。

例文b

突然頼まれても、引き受けかねます。

這突如其來的請託,實在無法答應下來。

「うる」表不可能，表示根據情況沒有發生這種事情的可能性；
「かねる」表困難，用在說話人難以做到某事。

うる【不可能】

例文 B

かねる【困難】

例文 b

🎧 **Track 095**

10 がたい
難以…、很難…、不能…

接續方法 {動詞ます形}＋がたい

意思1

【困難】表示做該動作難度非常高，幾乎是不可能，或者即使想這
樣做也難以實現，一般用在感情因素上的不可能，而不是能力上的
不可能。一般多用在抽象的事物，為書面用語。

例文 A

しんせいひん
新製品のコーヒーは、とてもおいしいとは言いがたい。
新生產的咖啡實在算不上好喝。

比較

● にくい
不容易…、難…

接續方法 {動詞ます形}＋にくい

意思

【困難】表示該行為、動作不容易做，該事情不容易發生，或不容易發
生某種變化，亦或是性質上很不容易有那樣的傾向。「にくい」的活用
跟「い形容詞」一樣。並且與「やすい」（容易…、好…）相對。

このコンピューターは、使いにくいです。

這台電腦很不好用。

◆ 比較說明 ◆

「がたい」表困難，主要用在由於心理因素，即使想做，也沒有辦法做該動作；「にくい」也表困難，主要是指由於物理上的或技術上的因素，而沒有辦法把某動作做好，或難以進行某動作。但也含有「如果想做，只要透過努力，還是可以做到」，正負面評價都可以使用。

がたい【困難】

例文 A

にくい【困難】

例文 a

🎧 Track 096

11 かねる

難以…、不能…、不便…

接續方法 {動詞ます形} ＋かねる

意思1

【困難】表示由於心理上的排斥感等主觀原因，或是道義上的責任等客觀原因，而難以做到某事，所給的條件、要求、狀況等，超出了説話人能承受的範圍。不用在能力不足而無法做的情況。

例文 A

条件が合わないので、この仕事は引き受けかねます。

由於條件談不攏，請恕無法接下這份工作。

〖衍生－お待ちかね〗「お待ちかね」為「待ちかねる」的衍生用法，表示久候多時，但請注意沒有「お待ちかねる」這種說法。

例 文

今日は皆さんお待ちかねのボーナスが出る日です。

今天是大家望眼欲穿的獎金發放日。

比較

● がたい

難以…、很難…、不能…

接續方法 {動詞ます形}＋がたい

意 思

【困難】表示做該動作難度非常高，幾乎是不可能，或者即使想這樣做也難以實現，一般多用在抽象的事物，為書面用語。

例文 a

彼女との思い出は忘れがたい。

很難忘記跟她在一起時的回憶。

◆ 比較說明 ◆

「かねる」表困難，表示從說話人的狀況而言，主觀如心理上的排斥感，或客觀如某種規定、道義上的責任等，而難以做到某事，常用在服務業上，前接動詞ます形；「がたい」也表困難，表示心理上或認知上很難，幾乎不可能實現某事。前面也接動詞ます形。

9 実力テスト
做對了，往☺走，做錯了往✖走。

次の文の_____にはどんな言葉を入れたらよいか。1・2から最も適当なものをひとつ選びなさい。

實力測驗
Q 哪一個是正確的？

1 これだけの人材がそろえば、わが社は大きく飛躍できる（　　）。
1. に相違ない　2. にほかならない

譯
1. に相違ない：肯定是…
2. にほかならない：全靠…

2 人間は小さな失敗を重ね（　　）、成長していくものだ。
1. とともに　　2. つつ

譯
1. とともに：…的同時…
2. つつ：…的同時…

3 一億円もするマイホームなんて、私に買え（　　）。
1. っこない　　2. かねない

譯
1. っこない：不可能…
2. かねない：很可能…

4 この問題は、あなたの周りでも十分起こり（　　）ことなのです。
1. うる　　　　2. かねる

譯
1. うる：可能
2. かねる：難以…

5 弱い者をいじめるなど、許し（　　）行為だ。
1. がたい　　　　2. にくい

譯
1. がたい：難以…
2. にくい：不容易…

6 ご使用後の商品の返品はお受け致し（　　）。
1. がたいです　2. かねます

譯
1. がたいです：難以…
2. かねます：難以…

答案：(1)1 (2)2 (3)1
　　　(4)1 (5)1 (6)2

Chapter

10

★★★★★

樣子、比喻、限定、回想

1 げ
2 ぶり、っぷり
3 まま
4 かのようだ

5 かぎり（は／では）
6 にかぎって、にかぎり
7 ばかりだ
8 ものだ

🎧 **Track 097**

1 げ
…的感覺、好像…的樣子

接續方法 {[形容詞・形容動詞]詞幹；動詞ます形} ＋げ

意思1

【様子】表示帶有某種樣子、傾向、心情及感覺。書寫語氣息較濃。但要注意「かわいげ」（討人喜愛）與「かわいそう」（令人憐憫的）兩者意思完全不同。

例文A

公園で、子供達が楽しげに遊んでいる。
公園裡，一群孩童玩得正開心。

比較

● っぽい
看起來好像…、感覺像…

接續方法 {名詞；動詞ます形} ＋っぽい

意思

【傾向】接在名詞跟動詞連用形後面作形容詞，表示有這種感覺或有這種傾向。與語氣具肯定評價的「らしい」相比，「っぽい」較常帶有否定評價的意味。

例文a

君は、浴衣を着ていると女っぽいね。
你一穿上浴衣，就很有女人味唷！

「げ」表樣子，是接尾詞，表示外觀上給人的感覺「好像…的樣子」；「っぽい」表傾向，是針對某個事物的狀態或性質，表示有某種傾向、某種感覺很強烈，含有跟實際情況不同之意。

🎧 Track 098

2　ぶり、っぷり
(1)相隔…；(2)…的樣子、…的狀態、…的情況

接續方法 {名詞；動詞ます形} ＋ぶり、っぷり

意思1

【時間】{時間；期間}＋ぶり，表示時間相隔多久的意思，含有説話人感到時間相隔很久的語意。

例文A

2年ぶりに帰国したら、母親が痩せて小さくなった気がした。

闊別兩年回鄉一看，媽媽彷彿比以前更瘦小了。

意思2

【樣子】前接表示動作的名詞或動詞的ます形，表示前接名詞或動詞的樣子、狀態或情況。

例文B

社長の口ぶりからすると、いつもより多めにボーナスが出そうだ。

從總經理的語氣聽起來，似乎會比以往發放更多分紅。

補充

〚っぷり〛有時也可以說成「っぷり」。

例文

彼女(かのじょ)の飲(の)みっぷりは、男(おとこ)みたいだ。

她喝酒的豪邁程度不亞於男人。

比較

げ

…的感覺、好像…的樣子

接續方法 {[形容詞・形容動詞]詞幹；動詞ます形} ＋げ

意思

【樣子】表示帶有某種樣子、傾向、心情及感覺。書寫語氣息較濃。但要注意「かわいげ」（討人喜愛）與「かわいそう」（令人憐憫的）兩者意思完全不同。

例文 b

かわいげのない女(おんな)は嫌(きら)いだ。

我討厭不可愛的女人。

◆ 比較說明 ◆

「ぶり」表樣子，表示事物存在的樣態和動作進行的方式、方法；「げ」也表樣子，表示人的心情的某種樣態。

3 まま

(1)就這樣…、保持原樣;(2)就那樣…、依舊

接續方法 {名詞の;この/その/あの;形容詞普通形;形容動詞詞幹な;動詞た形;動詞否定形} +まま

意思1

【樣子】在原封不動的狀態下進行某件事情。

例文A

課長に言われたまま、部下に言った。

將課長的訓示一字不漏地轉述給下屬聽。

意思2

【無變化】表示某種狀態沒有變化,一直持續的樣子。

例文B

食べたままにしないで、食器を洗っておいてね。

吃完的碗筷不可以就這樣留在桌上,要自己動手洗乾淨喔!

比較

● きり～ない

…之後,再也沒有…、…之後就…

接續方法 {動詞た形} +きり～ない

意思

【無變化】後面接否定的形式,表示前項的動作完成之後,應該進展的事,就再也沒有下文了。

例文b

彼女とは一度会ったきり、その後会ってない。

跟她見過一次面以後,就再也沒碰過面了。

◆ 比較說明 ◆

「まま」表無變化，表示某狀態一直持續不變；「きり～ない」也表無變化，後接否定，表示前項的的動作完成之後，預料應該要發生的後項，卻再也沒有發生。有意外的語感。

まま【無變化】　例文 B

きり～ない【無變化】　例文 b

🎧 Track 100

4 かのようだ

像…一樣的、似乎…

接續方法 {[名詞・形容動詞詞幹]（である）；[形容詞・動詞]普通形}＋かのようだ

意思1

【比喻】由終助詞「か」後接「のようだ」而成。將事物的狀態、性質、形狀及動作狀態，比喻成比較誇張的、具體的，或比較容易瞭解的其他事物，經常以「かのように＋動詞」的形式出現。

例文A

彼女は怖いものでも見たかのように、泣いている。

她彷彿看見了可怕的東西，哭個不停。

補充1

〖文學性描寫〗常用於文學性描寫，常與「まるで、いかにも、あたかも、さも」等比喻副詞前後呼應使用。

例 文

父が死んだ日は、まるで空も泣いているかのように雨が降りだした。

父親過世的那一天，天空彷彿陪著我流淚似地下起了雨。

〖かのような＋名詞〗後接名詞時，用「かのような＋名詞」。

例 文

今日は冷蔵庫の中にいるかのような寒さだ。

今天的氣溫凍得像在冰箱裡似的。

比較

● ように（な）

如同…

接續方法 {名詞の；動詞辭書形；動詞否定形}＋ように（な）

意 思

【例示】表示以具體的人事物為例，來陳述某件事物的性質或內容等。

例文 a

私はヨガやランニングのような、一人でするスポーツが好きです。

我喜歡像瑜珈呀、跑步呀等等，一個人可以做的運動。

◆ 比較說明 ◆

「かのようだ」表比喩，表示實際上不是那樣，可是感覺卻像是那樣；「ように（な）」表例示，表示提到某事物的性質、形狀時，舉出最典型的例子。是根據自己的感覺，或所看到的事物，來進行形容的。

かのようだ【比喻】

例文 A

ように（な）【例示】

例文 a

5 かぎり（は／では）

(1)既然…就算；(2)據…而言；(3)只要…就…、除非…否則…

接續方法 {動詞辭書形；動詞て形＋いる；動詞た形}＋限り（は／では）

意思1

【決心】表示在前提下，說話人陳述決心或督促對方做某事。

例文A

行くと言った限りは、たとえ雨でも行くつもりだ。

既然說了要去，就算下雨也會按照原訂計畫成行。

意思2

【範圍】憑自己的知識、經驗等有限範圍做出判斷，或提出看法，常接表示認知行為如「知る（知道）、見る（看見）、聞く（聽說）」等動詞後面。

例文B

私の知る限りでは、この近くに本屋はありません。

就我所知，這附近沒有書店。

意思3

【限定】表示在某狀態持續的期間，就會有後項的事態。含有前項不這樣的話，後項就可能會有相反事態的語感。

例文C

食生活を改めない限り、健康にはなれない。

除非改變飲食方式，否則無法維持健康。

比較

● かぎりだ

真是太…、…得不能再…了、極其…

接續方法 {名詞；形容詞辭書形；形容動詞詞幹な}＋限りだ

【極限】表示喜怒哀樂等感情的極限。這是說話人自己在當時，有一種非常強烈的感覺，這個感覺別人是不能從外表客觀地看到的。由於是表達說話人的心理狀態，一般不用在第三人稱的句子裡。

例文 c

孫の花嫁姿が見られるとは、嬉しい限りだ。

能夠看到孫女穿婚紗的樣子，真叫人高興啊！

◆ 比較說明 ◆

「かぎり」表限定，表示在前項狀態持續的期間，會發生後項的狀態或情況；「かぎりだ」表極限，表示現在說話人自己有種非常強烈的感覺，覺得是那樣的。

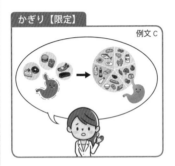

かぎり【限定】 例文 c

かぎりだ【極限】 例文 c

🎧 Track 102

6 にかぎって、にかぎり

只有…、唯獨…是…的、獨獨…

接續方法 {名詞} ＋に限って、に限り

意思 1

【限定】表示特殊限定的事物或範圍，說明唯獨某事物特別不一樣。

例文 A

勉強しようと思っているときに限って、母親に「勉強しなさい」と言われる。

每當我打算念書的時候，好巧不巧媽媽總會催我「快去用功！」

〖否定形－にかぎらず〗「に限らず」為否定形。

例　文

今の日本は東京に限らず、田舎でも少子化が問題となっている。

日本的少子化問題不僅是東京的現狀，鄉村地區亦面臨同樣的考驗。

補充2

〖中頓、句尾〗「にかぎって」、「にかぎり」用在句中表示中頓；「にかぎる」用在句尾。

例　文

仕事の後は冷たいビールに限る。

工作後喝冰涼的啤酒是最享受的。

比較

● につけ（て）、につけても

－…就…、每當…就…

接續方法 {[形容詞・動詞]辭書形} ＋につけ（て）、につけても

意　思

【關連】每當碰到前項事態，總會引導出後項結論，表示前項事態總會帶出後項結論。

例文a

福田さんは何かにつけて私を目の敵にするから、付き合いにくい。

福田先生不論任何事總是視我為眼中釘，實在很難和她相處。

◆ 比較說明 ◆

「にかぎって」表限定，表示在某種情況下時，偏偏就會發生後項事件，多表示不愉快的內容；「につけ」表關連，表示偶爾處在同一情況下，都會帶著某種心情去做一件事。後句大多是自然產生的事態或感情相關的表現。

にかぎって【限定】 例文A

につけ【關連】 例文a

🎧 Track 103

7 ばかりだ
(1)只等…、只剩下…就好了；(2)一直…下去、越來越…

接續方法 {動詞辭書形}＋ばかりだ

意思1

【限定】表示準備完畢，只差某個動作而已，或是可以進入下一個階段，或是可以迎接最後階段的狀態。大多和「あとは、もう」等詞前後呼應使用。

例文A

<ruby>誕生日<rt>たんじょうび</rt></ruby>のパーティーの<ruby>準備<rt>じゅんび</rt></ruby>はできている。あとは<ruby>主役<rt>しゅやく</rt></ruby>を<ruby>待<rt>ま</rt></ruby>つばかりだ。

慶生會已經一切準備就緒，接下來只等壽星出場囉！

意思2

【對比】表示事態越來越惡化，一直持續同樣的行為或狀態，多為對講述對象的負面評價，也就是事態逐漸朝着不好的方向發展之意。

例文B

<ruby>携帯電話<rt>けいたいでんわ</rt></ruby>が<ruby>普及<rt>ふきゅう</rt></ruby>してから、<ruby>手紙<rt>てがみ</rt></ruby>を<ruby>書<rt>か</rt></ruby>く<ruby>機会<rt>きかい</rt></ruby>が<ruby>減<rt>へ</rt></ruby>るばかりだ。

自從行動電話普及之後，提筆寫信的機會越來越少了。

● いっぽうだ
一直…、不斷地…、越來越…

接續方法 {動詞辭書形} ＋一方だ

意思

【傾向】表示某狀況一直朝著一個方向不斷發展，沒有停止。

例文 b

岩崎の予想以上の活躍ぶりに、周囲の期待も高まる一方だ。

岩崎出色的表現超乎預期，使得周圍人們對他的期望也愈來愈高。

◆ 比較說明 ◆

「ばかりだ」表對比，表示事物一直朝著不好的方向變化；「いっぽうだ」表傾向，表示事物的情況只朝著一個方向變化。好事態、壞事態都可以用。

ばかりだ【對比】

例文 B

いっぽうだ【傾向】

例文 b

🎧 Track 104

8 ものだ
(1)以前…、實在是…啊；(2)就是…、本來就該…、應該…

接續方法 {形容動詞詞幹な；[形容詞・動詞]辭書形} ＋ものだ

意思1

【回想、感慨】表示回想過往的事態，並帶有現今狀況與以前不同的感慨含意。

例文A

若いころは夫婦で色々な場所へ旅行をしたものだ。

我們夫妻年輕時去過了形形色色的地方旅遊。

意思2

【事物的本質】{形容動詞詞幹な；形容詞 動詞辭書形}＋もので
はない。表示對所謂真理、普遍事物，就其本來的性質，敘述理所
當然的結果，或理應如此的態度。含有感慨的語氣。多用在提醒或
忠告時。常轉為間接的命令或禁止。

例文B

小さい子をいじめるものではない。

不准欺負小孩子！

比較

● べき、べきだ
必須…、應當…

接續方法 {動詞辭書形}＋べき、べきだ

意思

【勸告】表示那樣做是應該的、正確的。常用在勸告、禁止及命令
的場合。是一種比較客觀或原則的判斷，書面跟口語雙方都可以用，
相當於「～するのが当然だ」。

例文b

これは、会社を辞めたい人がぜひ読むべき本だ。

這是一本想要辭職的人必讀的書！

◆ 比較說明 ◆

「ものだ」表事物的本質，表示不是個人的見解，而是出於社會上普遍認可的一般常識、事理，給予對方提醒或説教，帶有這樣做是理所當然的心情；「べきだ」表勸告，表示説話人從道德、常識或社會上一般的理念出發，主張「做…是正確的」。

次の文の＿＿＿＿＿にはどんな言葉を入れたらよいか。1・2から最も適当なものをひとつ選びなさい。

實力測驗

Q 哪一個是正確的？

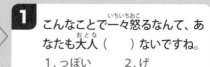

1 こんなことで一々怒るなんて、あなたも大人（　　）ないですね。

　1．っぽい　　　2．げ

譯
1．っぽい：…的傾向
2．げ：…的感覺

2 友人たちは散々騒いだあげく、部屋を散らかした（　　）帰っていった。

　1．おり　　　2．まま

譯
1．おり：…的時候
2．まま：就這樣…

3 喧嘩した翌日、妻はまるで何事もなかった（　　）振舞っていた。

　1．かのように　2．ように

譯
1．かのように：像…一樣
2．ように：如同…

4 私が読んだ（　　）、書類に誤りはないようですが。

　1．かぎりでは　2．にかぎって

譯
1．かぎりでは：在…的範圍內
2．にかぎって：只有…

5 忙しいとき（　　）、次から次に問い合わせの電話が来ます。

　1．につけ　　　2．に限って

譯
1．につけ：每當…就會…
2．に限って：獨獨…

6 いくらご飯をたくさん食べても、よく運動すればまたお腹が空く（　　）。

　1．ものだ　　　2．ようもない

譯
1．ものだ：就會
2．ようもない：沒辦法

答案：（1）2（2）2（3）1
　　　（4）1（5）2（6）1

Chapter 11

★★★★★

期待、願望、当然、主張

1 たところが
2 だけあって
3 だけのことはある、だけある
4 どうにか（なんとか、もうすこし）〜ないもの（だろう）か
5 てとうぜんだ、てあたりまえだ
6 にすぎない
7 にほかならない
8 というものだ

🎧 Track 105

1 たところが
可是…、然而…、沒想到…

接續方法 {動詞た形} ＋たところが

意思1

【期待】這是一種逆接的用法。表示因某種目的作了某一動作，但結果與期待相反之意。後項經常是出乎意料之外的客觀事實。

例文A

かのじょ けっこん しあわ おも
彼女と結婚すれば幸せになると思ったところが、そうではなかった。

當初以為和她結婚就是幸福的起點，誰能想到竟是事與願違呢。

比較

● のに
雖然…、可是…

接續方法 { [名詞・形容動詞]な；[動詞・形容詞]普通形} ＋のに

意思

【逆接】表示逆接，用於後項結果違反前項的期待，含有説話者驚訝、懷疑、不滿、惋惜等語氣。

例文a

しょうがくいちねんせい しんぶん よ
小学1年生なのに、もう新聞が読める。

才小學一年級而已，就已經會看報紙了。

「たところが」表期待，表示帶著目的做前項，但結果卻跟預期相反；「のに」表逆接，前項是陳述事實，後項說明一個和此事相反的結果。

たところが【期待】

例文A

のに【逆接】

例文a

🎧 Track 106

2 だけあって
不愧是…、也難怪…

接續方法 {名詞；形容動詞詞幹な；[形容詞・動詞] 普通形} ＋だけあって

意思1

【符合期待】表示名實相符，後項結果跟自己所期待或預料的一樣，一般用在積極讚美的時候。含有佩服、理解的心情。副助詞「だけ」在這裡表示與之名實相符。

例文A

このホテルは高（たか）いだけあって、サービスも一流（いちりゅう）だ。

這家旅館的服務一流，果然貴得有價值！

補充

〖重點在後項〗前項接表示地位、職業、評價、特徵等詞語，著重點在後項，後項不用未來或推測等表達方式。

例文

恵美（めぐみ）さんはモデルだけあって、スタイルがいい。

惠美小姐不愧是當模特兒，身材很好。

● にしては

照…來說…、就…而言算是…、從…這一點來說，算是…的、作為…，相對來說…

接續方法 {名詞；形容動詞詞幹；動詞普通形} ＋にしては

意 思

【不符預料】表示現實的情況，跟前項提的標準相差很大，後項結果跟前項預想的相反或出入很大。含有疑問、諷刺、責難、讚賞的語氣。相當於「割には」。

例文 a

彼は、プロ野球選手にしては小柄だ。

就棒球選手而言，他算是個子矮小的。

◆ 比較說明 ◆

「だけあって」表符合期待，表示後項是根據前項，合理推斷出的結果；「にしては」表不符預料，表示依照前項來判斷某人事物，卻出現了與一般情況不符合的後項，用在評論人或事情。

3 だけのことはある、だけある
到底沒白白…、值得…、不愧是…、也難怪…

接續方法 {名詞；形容動詞詞幹な；[形容詞・動詞] 普通形} ＋だけ
のことはある、だけある

意思 1

【符合期待】表示與其做的努力、所處的地位、所經歷的事情等
名實相符，對其後項的結果、能力等給予高度的讚美。

例文 A

料理<small>りょうり</small>もサービスも素晴<small>すば</small>らしい。一流<small>いちりゅう</small>レストランだけ
のことはある。

餐點和服務都無可挑剔，到底是頂級餐廳！

補充

〖負面〗可用於對事物的負面評價，表示理解前項事態。

例文

このストッキング、一回<small>いっかい</small>履<small>は</small>いただけですぐ破<small>やぶ</small>れるな
んて、安<small>やす</small>かっただけあるよ。

這雙絲襪才穿一次就破了，果然是便宜貨。

比較

● どころではない
哪裡還能…、不是…的時候

接續方法 {名詞；動詞辭書形} ＋どころではない

意思

【否定】表示沒有餘裕做某事，強調目前處於緊張、困難的狀態，
沒有金錢、時間或精力去進行某事。

例文 a

先々週<small>せんせんしゅう</small>は風邪<small>かぜ</small>を引<small>ひ</small>いて、勉強<small>べんきょう</small>どころではなかった。

上上星期感冒了，哪裡還能唸書啊。

「だけのことはある」表符合期待，表示「的確是名副其實的」。
含有「不愧是、的確、原來如此」等佩服、理解的心情；「どころ
ではない」表否定，對於期待或設想的事情，表示「根本不具備做
那種事的條件」強調處於困難、緊張的狀態。

だけのことはある【符合期待】	どころではない【否定】
例文A 	例文a 

🎧 Track 108

4 どうにか（なんとか、もうすこし）〜ないもの（だろう）か
是不是…、能不能…

接續方法 どうにか（なんとか、もう少し）＋{動詞否定形；動詞可能形詞幹}＋ないもの（だろう）か

意思 1

【願望】表示說話者有某個問題或困擾，希望能得到解決辦法。

例文A

別れた恋人と、なんとかもう一度会えないものだろ
うか。

能不能想個辦法讓我和已經分手的情人再見上一面呢？

比較

● ないかしら
沒…嗎

接續方法 {動詞}＋ないかしら

【感嘆】 表示說話者的願望及期待。用在自言自語式的提問時。跟對方說的時候，有委託的意思。

例文 a

私にはその器はないんじゃないかしら。

我應該沒有那樣才能吧。

◆ 比較說明 ◆

「どうにか～ないものか」表願望，表示說話人希望能得到解決的辦法；「ないかしら」表感嘆，表示不確定的原因。

5 てとうぜんだ、てあたりまえだ

難怪…、本來就…、…也是理所當然的

接續方法 {形容動詞詞幹} ＋で当然だ、で当たり前だ；{[動詞・形容詞]て形} ＋当然だ、当たり前だ

意思 1

【理所當然】 表示前述事項自然而然地就會導致後面結果的發生，這樣的演變是合乎邏輯的。

例文 A

夏だから、暑くて当たり前だ。

畢竟是夏天，當然天氣炎熱。

● ものだ

過去…經常、以前…常常

接續方法 {形容動詞詞幹な；形容詞辭書形；動詞普通形}＋ものだ

意思

【感慨】表示説話者對於過去常做某件事情的感慨、回憶。

例文 a

懐かしい。これ、子供のころによく飲んだものだ。

好懷念喔！這個是我小時候常喝的。

◆ 比較說明 ◆

「てとうぜんだ」表理所當然，表示合乎邏輯的導致後面的結果；「ものだ」表感慨，表示帶著感情去敘述心裡的強烈感受、驚訝、感動等。

てとうぜんだ【理所當然】 例文 A

ものだ【感慨】 例文 a

🎧 Track 110

6 にすぎない

只是…、只不過…、不過是…而已、僅僅是…

接續方法 {名詞；形容動詞詞幹である；[形容詞・動詞]普通形}＋にすぎない

意思1

【主張】表示某微不足道的事態，指程度有限，有著並不重要的沒什麼大不了的輕蔑、消極的評價語氣。

例文 A

ボーナスが出たと言っても、2万円にすぎない。

雖說給了獎金，也不過區區兩萬圓而已。

比較

● にほかならない

完全是…、不外乎是…、其實是…、無非是…

接續方法 {名詞}＋にほかならない

意　思

【主張】表示斷定的説事情發生的理由、原因，是對事物的原因、結果的肯定語氣，亦即「それ以外のなにものでもない」（不是別的，就是這個）的意思。

例文 a

私達が出会ったのは運命にほかなりません。

我們的相遇只能歸因於命運。

◆ 比較說明 ◆

「にすぎない」表主張，表示帶輕蔑語氣説程度不過如此而已；「にほかならない」也表主張，帶有「只有這個」、「正因為…」的語氣，多用在表示贊成與肯定的情況時。

7 にほかならない
完全是…、不外乎是…、其實是…、無非是…

接續方法 {名詞}＋にほかならない

意思1

【主張】表示斷定的說事情發生的理由、原因，是對事物的原因、結果的肯定語氣，強調說話人主張「除此之外，沒有其他」的判斷或解釋。亦即「それ以外のなにものでもない（不是別的，就是這個）」的意思。

例文A

おや こども きび こども
親が子供に厳しくいうのは、子供のためにほかならない。

父母之所以嚴格要求兒女，無非是為了他們著想。

補充

〖ほかならぬ＋N〗相關用法：「ほかならぬ」修飾名詞，表示其他人事物無法取代的特別存在。

例文

ほかならぬあなたのお願いなら、聞くほか方法はありません。

既然是您親自請託，小弟只有全力以赴了。

比較

● というものではない、というものでもない
可不是…、並不是…、並非…

接續方法 {名詞・形容詞・形容動詞・動詞]假定形}…{[名詞・形容動詞詞幹](だ)；形容詞辭書形}＋というものではない、というものでもない

意思

【部分否定】表示對某想法或主張，不能說是非常恰當，不完全贊成。

例文 a

結婚すれば幸せというものではないでしょう。

結婚並不代表獲得幸福吧！

◆ 比較說明 ◆

「にほかならない」表主張，表示「不是別的」、「正因為是這個」的強烈斷定或解釋的表達方式；「というものではない」表部分否定，用於表示對某想法，心裡覺得不恰當，而給予否定。

にほかならない【主張】　例文 A

というものではない【部分否定】　例文 a

🎧 Track 112

8 というものだ
也就是…、就是…

接續方法 {名詞；形容動詞詞幹；動詞辭書形}＋というものだ

意思1

【主張】表示對事物做出看法或批判，表達「真的是這樣，的確是這樣」的意思。是一種斷定說法，不會有過去式或否定形的活用變化。

例文 A

女性ばかり家事をするのは、不公平というものです。

把家事統統推給女人一手包辦，實在太不公平了！

補充

〖口語－ってもん〗「ってもん」是種較草率、粗魯的口語說法，是先將「という」變成「って」，再接上「もの」轉變的「もん」。

夜中に電話してきて、「お金を貸して」と言ってくるなんて非常識ってもんだ。

三更半夜打電話來劈頭就說「借我錢」，簡直毫無常識可言！

比較

● ということだ

聽說…、據說…

接續方法 {簡體句}＋ということだ

意 思

【結論】明確地表示自己的意見、想法之意，也就是對前面的內容加以解釋，或根據前項得到的某種結論。

例文 a

芸能人に夢中になるなんて、君もまだまだ若いということだ。

竟然會迷戀藝人，表示你還年輕啦！

◆ 比較說明 ◆

「というものだ」表主張，表示說話者針對某個行為，提出自己的感想或評論；「ということだ」表結論，是說話人根據前項的情報或狀態，得到某種結論或總結說話內容。

というものだ【主張】

例文 A

ということだ【結論】

例文 a

実力テスト

做對了，往😊走，做錯了往❌走。

次の文の_____にはどんな言葉を入れたらよいか。1・2から最も適当なものをひとつ選びなさい。

實力測驗
Q 哪一個是正確的？

1 家に電話した（　　）、誰も出なかった。
　1. だけあって　2. ところが

譯
1. だけあって：不愧是…
2. ところが：可是…

2 さすが大学の教授（　　）、なんでもよく知っている。
　1. だけあって　2. に決まって

譯
1. だけあって：不愧是…
2. に決まって：肯定是…

3 きれい。さすが人気モデル（　　）。
　1. だけのことはある
　2. どころではない

譯
1. だけのことはある：也難怪…
2. どころではない：哪裡還能…

4 君の話は、単なる言い訳（　　）。
　1. にすぎない
　2. にほかならない

譯
1. にすぎない：只不過是
2. にほかならない：全靠…

5 実験が成功したのは、あなたのがんばりがあったから（　　）。ありがとう。
　1. にほかならない
　2. というものではない

譯
1. にほかならない：完全是…
2. というものではない：並不是…

6 温泉に入って、酒を飲む。これぞ極楽（　　）。
　1. ということだ
　2. というものだ

譯
1. ということだ：這就是…
2. というものだ：實在是…

答案：（1）2（2）1（3）1
　　　（4）1（5）1（6）2

肯定、否定、対象、対応

1 ものがある
2 どころではない
3 というものではない、というものでもない
4 とはかぎらない
5 にこたえて、にこたえ、にこたえる
6 をめぐって(は)、をめぐる
7 におうじて
8 しだいだ、しだいで(は)

Chapter 12
★★★★★

🎧 Track 113

1 ものがある
有…的價值、確實有…的一面、非常…

接續方法 {形容動詞詞幹な；[形容詞・動詞]辭書形} ＋ものがある

意思1

【肯定感嘆】表示肯定某人或事物的優點。由於說話人看到了某些特徵，而發自內心的肯定，是種強烈斷定的感嘆。

例文A

昨日までできなかったことが今日できる。子供の成長は目をみはるものがある。

昨天還不會的事今天就辦到了。孩子的成長真是令人嘖嘖稱奇！

比較

● ことがある
有時…、偶爾…

接續方法 {動詞辭書形；動詞否定形} ＋ことがある

意思

【不定】表示有時或偶爾發生某事。

例文a

友人とお酒を飲みに行くことがあります。

偶爾會跟朋友一起去喝酒。

「ものがある」表肯定感嘆，用於表達說話者見物思情，有所感觸而表現出的評價和感受；「ことがある」表不定，用於表示事物發生的頻率不是很高，只是有時會那樣。

🎧 Track 114

2 どころではない
(1)何止…、哪裡是…根本是…；(2)哪裡還能…、不是…的時候

接續方法 {名詞；動詞辭書形}＋どころではない

意思1

【程度】表示事態大大超出某種程度，事態與其說是前項，實際為後項。

例文A

今日の授業は簡単どころではなく、わかる問題が一つもなかった。

今天老師教的部分一點也不容易，我沒有任何一題聽得懂的。

意思2

【否定】表示沒有餘裕做某事，強調目前處於緊張、困難的狀態，沒有金錢、時間或精力去進行某事。

例文B

風邪でのどが痛くて、カラオケ大会どころではなかった。

染上感冒喉嚨痛得要命，這個節骨眼哪能去參加卡拉OK比賽呢？

184

● より（ほか）ない、ほか（しかたが）ない

只有…、除了…之外沒有…

接續方法 {名詞；動詞辭書形}＋より（ほか）ない；{動詞辭書形}＋ほか（しかたが）ない

意　思

【讓步】後面伴隨著否定，表示這是唯一解決問題的辦法，相當於「ほかない」、「ほかはない」，另外還有「よりほかにない」、「よりほかはない」的説法。

例文 b

病気を早く治すためには、入院するよりほかはない。

為了要早點治癒，只能住院了。

◆ 比較說明 ◆

「どころではない」表否定，在此強調沒有餘力或錢財去做，遠遠達不到某程度；「よりほかない」表讓步，意為「只好」，表示除此之外沒有其他辦法。

どころではない【否定】　例文 B

よりほかない【讓步】　例文 b

3 というものではない、というものでもない

…可不是…、並不是…、並非…

接續方法 {[名詞・形容詞・形容動詞・動詞]假定形} ／ {[名詞・形容動詞詞幹](だ)；形容詞辭書形} ＋というものではない、というものでもない

意思 1

【部分否定】委婉地對某想法或主張，表示不能説是非常恰當、十分正確，不完全贊成，或部分否定該主張。

例文 A

日本人だからといって日本語を教えられるというものではない。

即便是日本人，並不等於就會教日文。

比較

● しまつだ

（結果）竟然…、落到…的結果

接續方法 {動詞辭書形；この／その／あの} ＋始末だ

意 思

【結果】表示經過一個壞的情況，最後落得一個更壞的結果。前句一般是敍述事情發生的情況，後句帶有譴責意味地，陳述結果竟然發展到這樣的地步。有時候不必翻譯。

例文 a

社長の脱税が発覚し、会社まで警察の捜査を受けるしまつだ。

總經理被查到逃税，落得甚至有警察來公司搜索的下場。

「というものでもない」表部分否定，表示說話人委婉地認為某想法等並不全面；「しまつだ」表結果，表示因某人的行為，而使自己很不好做事，並感到麻煩，最終還得到了一個不好的結果或狀態。

というものではない【部分否定】　例文A

しまつだ【結果】　例文a

4 とはかぎらない
也不一定…、未必…

接續方法 {[名詞・形容詞・形容動詞・動詞]普通形} ＋とは限らない

意思1

【部分否定】表示事情不是絕對如此，也是有例外或是其他可能性。

例文A

日本人だからといって、みんな寿司が好きとは限らない。

即使是日本人，也未必人人都喜歡吃壽司。

補充

〖必ず〜とはかぎらない〗有時會跟句型「からといって」，或副詞「必ず、必ずしも、どれでも、どこでも、何でも、いつも、常に」前後呼應使用。

少子化だが大学を受けたところで、必ずしも全員合格できるとは限らない。

雖說目前面臨少子化，但是大學升學考試也不一定全數錄取。

● ものではない

不是…的

接續方法 {動詞}＋ものではない

意思

【勸告】前接跟人的行為有關的詞，表示不是說話人自己的看法，而是出於社會常識和道德給對方忠告，語氣是「這樣做是不應該的」。

例文 a

そんな言葉を使うものではない

不准說那種話。

◆ 比較說明 ◆

「とはかぎらない」表部分否定，表示事情絕非如此，也有例外；「ものではない」表勸告，表示並非個人的想法，而是出自道德、常識而給對方訓誡、說教。

とはかぎらない【部分否定】
例文A

ものではない【勸告】
例文a

5 にこたえて、にこたえ、にこたえる
應…、響應…、回答、回應

接續方法 {名詞} ＋にこたえて、にこたえ、にこたえる

意思 1

【對象】 接「期待」、「要求」、「意見」、「好意」等名詞後面，表示為了使前項的對象能夠實現，後項是為此而採取的相應行動或措施。也就是響應這些要求，使其實現。

例文 A

お客様の意見にこたえて、日曜日もお店を開けることにした。

為回應顧客的建議，星期日也改為照常營業了。

比較

● にそって、にそい、にそう、にそった
按照…

接續方法 {名詞} ＋に沿って、に沿い、に沿う、に沿った

意思

【基準】 或表示按照某程序、方針、期待。

例文 a

両親の期待に沿えるよう、毎日しっかり勉強している。

每天都努力用功以達到父母的期望。

◆ 比較說明 ◆

「にこたえて」表對象，表示因應前項的對象的要求而行事；「にそって」表基準，表示不偏離某基準來行事，多接在表期待、方針、使用説明等語詞後面。

例文A

例文a

🎧 Track 118

6 をめぐって（は）、をめぐる
圍繞著…、環繞著…

接續方法 {名詞}＋をめぐって（は）、をめぐる

意思1

【對象】表示後項的行為動作，是針對前項的某一事情、問題進行的。

例文A

消費税増税の問題をめぐって、国会で議論されている。

國會議員針對增加消費稅的議題展開了辯論。

補充

〖をめぐる＋N〗後接名詞時，用「をめぐる＋N」。

例文

社長と彼女の関係をめぐる噂は社外にまで広がっている。

總經理和她的緋聞已經傳到公司之外了。

比較

● について（は）、につき、についても、についての

有關…、就…、關於…

接續方法 {名詞} ＋について (は) 、につき、についても、についての

意　思

【對象】表示前項先提出一個話題，後項就針對這個話題進行說明。

例文 a

私は、日本酒については詳しいです。
我對日本酒知道得很詳盡。

◆ 比較說明 ◆

「をめぐって」表對象，表示環繞著前項事物做出討論、辯論、爭執等動作；「について」也表對象，表示就某前項事物來提出說明、撰寫、思考、發表、調查等動作。

をめぐって【對象】

例文A

について【對象】

例文 a

7 におうじて
根據…、按照…、隨著…

接續方法 {名詞} ＋に応じて

意思1

【對應】表示按照、根據。前項作為依據，後項根據前項的情況而發生變化。

例文A

学生のレベルに応じて、クラスを決める。
依照學生的程度分班。

〖に応じたN〗後接名詞時，變成「に応じたN」的形式。

例　文

ご予算に応じたパーティーメニューをご用意いたしております。

本公司可以提供符合貴單位預算的派對菜單。

比較

● によって (は) 、により

依照…的不同而不同

接續方法 {名詞} ＋によって (は) 、により

意　思

【對應】表示後項結果會對應前項事態的不同而有所變動或調整。

例文 a

状況により、臨機応変に対処してください。

請依照當下的狀況採取臨機應變。

◆ 比較說明 ◆

「におうじて」表對應，表示隨著前項的情況，後項也會隨之改變；「によっては」表對應，表示後項的情況，會因為前項的人事物等不同而不同。

8 しだいだ、しだいで（は）

全憑…、要看…而定、決定於…

接続方法 {名詞}＋次第だ、次第で（は）

意思1

【對應】表示行為動作要實現，全憑「次第だ」前面的名詞的情況而定，也就是必須完成「しだい」前的事項，才能夠成立。「しだい」前的事項是左右事情的要素，因此而產生不同的結果。

例文A

試合は天気次第で、中止になる場合もあります。

倘若天候不佳，比賽亦可能取消。

補 充

〔諺語〕「地獄の沙汰も金次第／有錢能使鬼推磨。」為相關諺語。

例 文

お金があれば難しい病気も治せるし、いい治療も受けられる。地獄の沙汰も金次第ということだ。

只要有錢，即便是疑難雜症亦能治癒，不僅如此也能接受最好的治療，真所謂有錢能使鬼推磨。

比較

● にもとづいて、にもとづき、にもとづく、にもとづいた

根據…、按照…、基於…

接続方法 {名詞}＋に基づいて、に基づき、に基づく、に基づいた

意 思

【依據】表示以某事物為根據或基礎。相當於「をもとにして」。

例文a

こちらはお客様の声に基づき開発した新商品です。

這是根據顧客的需求所研發的新產品。

「しだいだ」表對應，表示前項的事物是決定事情的要素，由此而發生各種變化；「にもとづく」表依據，前項多接「考え方、計画、資料、経験」之類的詞語，表示以前項為根據或基礎，後項則在不偏離前項的原則下進行。

しだいだ【對應】

例文 A

にもとづく【依據】

例文 a

12 実力テスト

做對了，往 😊 走，做錯了往 ✖ 走。

次の文の_____にはどんな言葉を入れたらよいか。1・2から最も適当なものをひとつ選びなさい。

實力測驗
Q 哪一個是正確的？

1
彼女の演技には人をひきつける（　　）。
　1.ことがある　2.ものがある

譯
1.ことがある：有時
2.ものがある：很…

2
センター試験が目前ですから、正月休み（　　）んですよ。
　1.どころではない
　2.よりほかない

譯
1.どころではない：實在不能…
2.よりほかない：只好

3
金さえあれば、幸せ（　　）。
　1.というものでもない
　2.というしまつだ

譯
1.というものでもない：並非如此
2.というしまつだ：竟然…

4
彼はアンコール（　　）、「故郷の民謡」を歌った。
　1.にそって　2.にこたえて

譯
1.にそって：按照…
2.にこたえて：回應…

5
遺産相続（　　）、兄弟が激しく争った。
　1.をめぐって　2.について

譯
1.をめぐって：圍繞著…
2.について：針對…

6
客の注文（　　）、カクテルを作る。
　1.に応じて　2.によって

譯
1.に応じて：按照…
2.によって：由於…

答案：（1）2（2）1（3）1
　　　（4）2（5）1（6）1

Chapter 13

★★★★★

価値、話題、感想、不満

1 がい	5 にかけては
2 かいがある、かいがあって	6 ことに(は)
3 といえば、といったら	7 はまだしも、ならまだしも
4 というと、っていうと	

🎧 Track 121

1 がい
有意義的…、值得的…、…有回報的

接續方法 {動詞ます形}＋がい

意思 1

【值得】表示做這一動作是值得、有意義的。也就是辛苦、費力的付出有所回報，能得到期待的結果。多接意志動詞。意志動詞跟「がい」在一起，就構成一個名詞。後面常接「（の／が／も）ある」，表示做這動作，是值得、有意義的。

例文A

子供（こども）がよく食（た）べると、母（はは）にとっては作（つく）りがいがある。

看著孩子吃得那麼香，就是媽媽最感欣慰的回報。

比較

● べき、べきだ
必須…、應當…

接續方法 {動詞辭書形}＋べき、べきだ

意思

【勸告】表示那樣做是應該的、正確的。常用在勸告、禁止及命令的場合。是一種比較客觀或原則的判斷，書面跟口語雙方都可以用，相當於「～するのが当然だ」。

例文 a

ああっ、バス行（い）っちゃったー！あと１分早（ぷんはや）く家（いえ）を出（で）るべきだった。

啊，巴士跑掉了…！應該提早一分鐘出門的。

◆ **比較說明** ◆

「がい」表值得，表示做這一動作是有意義的，值得的；「べき」表勸告，表示說話人認為做某事是做人應有的義務。

がい【值得】

べき【勸告】

Track 122

2 かいがある、かいがあって

總算值得、有了代價、不枉…

接續方法 {名詞の；動詞辭書形；動詞た形} ＋かいがある、かいがあって

意思 1

【不值得】 用否定形時，表示努力了，但沒有得到預期的結果，表示「沒有代價」。

例文 A

昨晩勉強（ゆうべべんきょう）したかいもなく、今日（きょう）のテストは全（まった）くできなかった。

昨晚的用功全都白費了，今天的考卷連一題都答不出來。

【值得】表示辛苦做了某件事情而有了正面的回報，或是得到預期的結果。有「好不容易」的語感。

例文 B

努力<small>（どりょく）</small>のかいがあって、希望<small>（きぼう）</small>の大学<small>（だいがく）</small>に合格<small>（ごうかく）</small>した。

不枉過去的辛苦，總算考上了心目中的大學。

比較

● あっての

有了⋯之後⋯才能⋯、沒有⋯就不能（沒有）⋯

接續方法 {名詞}＋あっての＋{名詞}

意思

【強調】表示因為有前面的事情，後面才能夠存在，含有後面能夠存在，是因為有前面的條件，如果沒有前面的條件，就沒有後面的結果了。

例文 b

読者<small>（どくしゃ）</small>あっての作家<small>（さっか）</small>だから、いつも読者<small>（どくしゃ）</small>の興味<small>（きょうみ）</small>に注意<small>（ちゅうい）</small>を払<small>（はら）</small>っている。

有了讀者的支持才能成為作家，所以他總是非常留意讀者的喜好。

◆ 比較說明 ◆

「かいがある」表值得，表示辛苦做某事，是值得的；「あっての」表強調，表示有了前項才有後項。

3 といえば、といったら

到…、提到…就…、說起…、(或不翻譯)

接續方法 {名詞} ＋といえば、といったら

意思 1

【話題】用在承接某個話題，從這個話題引起自己的聯想，或對這個話題進行說明。口語用「っていえば」。

例文 A

日本の山といったら、富士山でしょう。

提到日本的山，首先想到的就是富士山吧。

比較

● とすれば、としたら、とする

如果…、如果…的話、假如…的話

接續方法 {名詞だ；形容動詞詞幹だ；[形容詞・動詞]普通形} ＋とすれば、としたら、とする

意思

【假定條件】在認清現況或得來的信息的前提條件下，據此條件進行判斷，相當於「～と仮定したら」。

例文 a

資格を取るとしたら、看護師の免許をとりたい。

要拿執照的話，我想拿看護執照。

「といえば」表話題，用在提出某個之前提到的話題，承接話題，並進行有關的聯想；「とすれば」表假定條件，為假設表現，帶有邏輯性，表示如果假定前項為如此，即可導出後項的結果。

といえば【話題】

例文A

とすれば【假定條件】

例文a

🎧 Track 124

4 というと、っていうと
(1)提到…、要說…、說到…；(2)你說…

接續方法 {名詞} ＋というと、っていうと

意思1

【話題】表示承接話題的聯想，從某個話題引起自己的聯想，或對這個話題進行說明。

例文A

経理の田中さんというと、来月結婚するらしいよ。

說到會計部的田中先生好像下個月要結婚囉！

意思2

【確認】用於確認對方所說的意思，是否跟自己想的一樣。說話人再提出疑問、質疑等。

例文B

公園に一番近いコンビニというと、この店ですか。

你說要找離公園最近的便利商店，那就是這一家了吧？

● といえば、といったら

談到…、提到…就…、說起…、(或不翻譯)

接續方法 {名詞}＋といえば、といったら

意思

【話題】用在承接某個話題,從這個話題引起自己的聯想,或對這個話題進行說明。

例文b

京都の名所といえば、金閣寺と銀閣寺でしょう。

提到京都名勝,那就非金閣寺跟銀閣寺莫屬了!

◆ 比較說明 ◆

「というと」表話題或確認,表示以某事物為話題是,就馬上聯想到別的畫面。有時帶有反問的語氣。也表確認,表示借對方的話題,進一步做確認;「といえば」也表話題,也是提到某事,馬上聯想到別的事物,但帶有說話人感動、驚訝的心情。

というと【確認】　例文 B

といえば【話題】　例文 b

🎧 Track 125

5 にかけては

在…方面、關於…、在…這一點上

接續方法 {名詞}＋にかけては

意思1

【話題】表示「其它姑且不論,僅就那一件事情來說」的意思。後項多接對別人的技術或能力好的評價。

勉強はできないが、泳ぎにかけては田中君がこの学校で一番だ。

田中同學雖然課業表現差強人意，但在游泳方面堪稱全校第一泳將！

補 充

〖誇耀、讚美〗用在誇耀自己的能力，也用在讚美他人的能力時。

例 文

あなたを想う気持ちにかけては、誰にも負けない。

我有自信比世上的任何人更愛妳！

比較

● にかんして（は）、にかんしても、にかんする

關於…、關於…的…

接續方法 {名詞}＋に関して（は）、に関しても、に関する

意 思

【關連】表示就前項有關的問題，做出「解決問題」性質的後項行為。有關後項多用「言う（説）」、「考える（思考）」、「研究する（研究）」、「討論する（討論）」等動詞。多用於書面。

例文a

フランスの絵画に関して、研究しようと思います。

我想研究法國繪畫。

◆ 比較說明 ◆

「にかけては」表話題，表示前項為某人比任何人能力都強的拿手事物，後項對這一事物表示讚賞；「にかんして」表關連，前接問題、議題等，後項則接針對前項做出的行動。

にかけては【話題】 例文A

にかんして【關連】 例文a

6 ことに（は）
令人感到…的是…

接續方法 {形容詞辭書形；形容動詞詞幹な；動詞た形} ＋ことに（は）

意思 1

【感想】 接在表示感情的形容詞或動詞後面，表示説話人在敘述某事之前的感想、心情。先説出以後，後項再敘述其具體內容。書面語的色彩濃厚。

例文 A

悲_{かな}しいことに、子供_{こども}の頃_{ころ}から飼_かっていた犬_{いぬ}が死_しんでしまった。

令人傷心的是，從小養到現在的狗死了。

比較

● ことから
根據…來看

接續方法 {名詞である；形容動詞詞幹な；[形容詞・動詞] 普通形} ＋ことから

意思

【根據】 根據前項的情況，來判斷出後面的結果或結論。也可表示因果關係。

顔がそっくりなことから、双子だと分かった。

根據長得很像來看，所以知道是雙胞胎。

◆ 比較説明 ◆

「ことに（は）」表感想，前接瞬間感情活動的詞，表示説話人先表達出驚訝後，接下來敘述具體的事情；「ことから」表根據，表示根據前項的情況，來判斷出後面的結果。

ことに（は）【感想】
例文 A

ことから【根據】
例文 a

🎧 Track 127

7 はまだしも、ならまだしも
若是…還說得過去、（可是）…、若是…還算可以…

接續方法 {名詞} ＋はまだしも、ならまだしも；{形容動詞詞幹な；[形容詞・動詞]普通形} ＋（の）ならまだしも

意思1

【埋怨】是「まだ（還…、尚且…）」的強調説法。表示反正是不滿意，儘管如此但這個還算是好的，雖然不是很積極地肯定，但也還説得過去。

例文 A

漢字はまだしも片仮名ぐらい間違えずに書きなさい。

漢字也就罷了，至少片假名不可以寫錯。

補充

〖副助詞＋はまだしも＋とは〗前面可接副助詞「だけ、ぐらい、くらい」，後可跟表示驚訝的「とは、なんて」相呼應。

一度くらいはまだしも、何度も同じところを間違えるとは。

若是第一次犯錯尚能原諒，但是不可以重蹈覆轍！

● はおろか

不用說…、就連…

接續方法 {名詞}＋はおろか

意 思

【附加】後面多接否定詞。表示前項的一般情況沒有說明的必要，以此來強調後項較極端的事例也不例外。後項常用「も、さえ、すら、まで」等強調助詞。含有說話人吃驚、不滿的情緒，是一種負面評價。不能用來指使對方做某事，所以不接命令、禁止、要求、勸誘等句子。

例文 a

退院はおろか、意識も戻っていない。

別說是出院了，就連意識都還沒有清醒過來。

◆ 比較說明 ◆

「はまだしも」表埋怨，表示如果是前項的話，還說的過去，還可原諒，但竟然有後項更甚的情況；「はおろか」表附加，表示別說程度較高的前項了，連程度低的後項都沒有達到。

實力測驗
Q 哪一個是正確的？

1
日々の食事制限と運動の（　　）、一か月で5キロ落ちた。
1. かいがあって　2. あまりに

譯
1. かいがあって：有了代價
2. あまりに：由於過度…

2
北海道（　　）、函館の夜景が有名ですね。
1. といえば　2. とすれば

譯
1. といえば：說到…
2. とすれば：如果…

3
この辺の名物（　　）、温泉まんじゅうですね。
1. はとわず　2. というと

譯
1. はとわず：無論…都…
2. というと：提到…

4
幼児の扱い（　　）、彼女はプロ中のプロですよ。
1. にかけては　2. に関して

譯
1. にかけては：在…方面
2. に関して：關於…

5
一回二回（　　）、五回も六回も同じ失敗をするとはどういうことか。
1. にさきだち　2. ならまだしも

譯
1. にさきだち：在…之前
2. ならまだしも：若是…還說得過去

6
悲しい（　　）、財布を落としてしまった。
1. すえに　2. ことに

譯
1. すえに：經過…最後
2. ことに：令人感到…的是…

答案：(1) 1　(2) 1　(3) 2
　　　(4) 1　(5) 2　(6) 2

索引
Saku In

あ

あげく（に／の）------55

あまり（に）------43

いじょう（は）------45

いっぽう（で）------36

うえで（の）------102

うえ（に）------76

うえは------126

うではないか、ようではないか------123

うる、える、えない------152

おり（に／は／には／から）------28

か

がい------196

かいがある、かいがあって------197

かぎり------40

かぎり（は／では）------163

がたい------153

かとおもうと、かとおもったら------38

か〜ないかのうちに------34

かねない------148

かねる------154

かのようだ------161

か〜まいか------119

からこそ------46

からして------105

からすれば、からすると------106

からといって------47

からみると、からみれば、からみて（も）------108

きり------80

くせして------146

げ------157

ことから------53

ことだから------109

ことに（は）------203

こと（も）なく------72

さ

ざるをえない------131

しだい------35

しだいだ、しだいで（は）------193

しだいです------49

じょう（は／では／の／も）------99

すえ（に／の）------57

ずにはいられない------133

そうにない、そうもない------149

た

だけあって------172

だけでなく------77

だけに------50

だけのことはある、だけある------174

だけましだ------85

たところが------171

っこない------150

つつある──────82

つつ（も）──────143

てこそ──────92

て（で）かなわない──────91

て（で）しかたがない、て（で）しょうがない、て（で）しようがない──────93

てとうぜんだ、てあたりまえだ──────176

て（は）いられない、てられない、てらんない──────134

てばかりはいられない、てばかりもいられない──────136

てはならない──────129

てまで、までして──────95

というと、っていうと──────200

というものだ──────180

というものではない、というものでもない──────186

といえば、といったら──────199

どうにか（なんとか、もうすこし）〜ないもの（だろう）か──────175

とおもうと、とおもったら──────145

どころか──────89

どころではない──────184

とはかぎらない──────187

な

ないうちに──────39

ないかぎり──────81

ないことには──────60

ないではいられない──────138

ながら（も）──────65

にあたって、にあたり──────29

におうじて──────191

にかかわって、にかかわり、にかかわる──────10

にかかわらず──────15

にかぎって、にかぎり──────164

にかけては──────201

にこたえて、にこたえ、にこたえる──────189

にさいし（て／ては／ての）──────31

にさきだち、にさきだつ、にさきだって──────25

にしたがって、にしたがい──────116

にしたら、にすれば、にしてみたら、にしてみれば──────100

にしろ──────17

にすぎない──────177

にせよ、にもせよ──────18

にそういない──────142

にそって、にそい、にそう、にそった──────114

につけ（て）、につけても──────11

にて、でもって──────32

にほかならない──────179

にもかかわらず──────19

ぬきで、ぬきに、ぬきの、ぬきには、ぬきでは──────74

ぬく──────125

ねばならない、ねばならぬ──────127

のうえでは──────111

のみならず──────78

のもとで、のもとに──────103

のももっともだ、のはもっともだ──────141

は

ばかりだ................................166

ばかりに.................................52

はともかく（として）.............24

はまだしも、ならまだしも.....204

ぶり、っぷり.........................158

べきではない.........................130

ほどだ、ほどの........................86

ほど～はない...........................88

ま

まい...120

まま...160

まま（に）...............................122

もかまわず................................21

もどうぜんだ.............................96

も～なら～も............................62

ものがある..............................183

ものだ.....................................167

ものなら....................................63

ものの..66

も～ば～も、も～なら～も.....69

や

やら～やら................................67

わ

をきっかけに（して）、をきっかけと
して..13

をけいきとして、をけいきに（して）..14

をたよりに、をたよりとして、をた
よりにして...............................113

を～として、を～とする、を～とした..61

をとわず、はとわず..................22

をぬきにして（は／も）、はぬきにして..73

をめぐって（は）、をめぐる.....190

をもとに（して／した）...........112

MEMO

關鍵字版

日本語 圖解
文法比較辭典 中高級 N2

[25K ＋MP3]

比較日語 01

- 發行人／**林德勝**

- 著者／**吉松由美、西村惠子、大山和佳子、山田社日檢題庫小組**

- 出版發行／**山田社文化事業有限公司**
  臺北市大安區安和路一段112巷17號7樓
  電話　02-2755-7622
  傳真　02-2700-1887

- 郵政劃撥／**19867160號　大原文化事業有限公司**

- 總經銷／**聯合發行股份有限公司**
  新北市新店區寶橋路235巷6弄6號2樓
  電話　02-2917-8022
  傳真　02-2915-6275

- 印刷／**上鎰數位科技印刷有限公司**

- 法律顧問／**林長振法律事務所　林長振律師**

- 書＋MP3／**定價　新台幣 330 元**

- 初版／**2020年 3 月**

© ISBN：978-986-246-573-8
2020, Shan Tian She Culture Co. , Ltd.